光文社文庫

文庫書下ろし

駅に泊まろう！

コテージひらふの短い夏

豊田　巧

光　文　社

この作品は光文社文庫のために書下ろされました。

目次

第一章　道内でも遠距離恋愛

私がオーナーを務める「コテージ比羅夫(ひらふ)」は、一年でいちばん忙しい八月に入った。

富良野(ふらの)がラベンダーの花で満たされる季節になると、北海道にはたくさんの人が来て、夏休みの八月がピークとなる。

コテージ比羅夫へ来てくださるお客さんの中で最も多い「羊蹄山(ようていざん)への登山客」もドッと増えることから、予約が満室になる日も続くようになった。

リビングの薪ストーブの前に寝袋を敷いてウトウトしていた頃が夢のようで、今はクーラーをかける日もあり、ゆっくり休んでいる時間もない。

二階にある合計六つの部屋も満室が続くので、全室毎日ベッドメイクする。

各客室に設置してあるのは、青い生地が張られた幅一メートル、長さ二メートルほどの元寝台列車で使用していたベッドなので、普通のベッドと比べると作業は楽。

このコテージを作った前オーナーの徹三(てつぞう)じいちゃんが「忙しくなっても少人数でも回せるように」と考えてのベッド選択らしい。

全てのベッドに白いシーツをピンと張り、階段をおりてきた私は、リビングの丸いアナログ時計を見てハッとする。

「えっ!?　もう16時45分なの!?」

そんな声は部屋一つ向こうのキッチンには届かないはずなのだが、コックをしているコテージ比羅夫唯一の従業員、東山亮（ひがしやまりょう）の大きな声が響いてくる。

「美月（みつき）、風呂の準備は終わったのか――――!!」

どこかに監視カメラでもついているの？

鈍いオーナーの働きをなぜか従業員が正確に把握していて、少しでもモタつこうものなら、こういう声が飛んでくるのだ。

ここへ来て一年が経とうかというのに、どっちがオーナーか分からない。

だが、私は、部活は体育会系、最初の就職先は超ブラック居酒屋チェーン店。

そこで怒ることも「そんなに強く言わなくたって……」と落ち込むこともない。

弾丸サーブを受けたら、弾丸レシーブで打ち返す！

「はい！　まごころ込めて――――!!」

キッチンどころかコテージの外まで響くような声で言い返し、ダッシュで玄関に走る。

急いで長靴を履いて玄関ドアを開き、倉庫へ行って掃除道具を取り出してゴム製の白いエプロンをつけてから引き戸をガラリと開いた。

飛び出した場所はホームで、目の前を線路が通っている。

そう、コテージ比羅夫は駅舎に泊まれる宿。

ホームでバーベキューをしたり、丸太風呂に入ったりすることが出来る不思議なコテージだ。

私、桜岡(さくらおか)美月はここを、亡くなったおじいちゃんから受け継いで、去年の秋からオーナーになり、そろそろ一年が経とうとしていた。

この宿は私と亮の二人で切り盛りしている。

亮のコックの腕は私より遥かに上で、コテージ比羅夫の味を大事に守っている料理人といっていい。

朝、夕の料理といっても仕入れの手配、仕込み、調理、後片付けがあるのだから、亮はキッチンに入り浸っていることになる。

そこで、残りのコテージの仕事は、主に私がやることになっているのだ。

毎日客室やお風呂、リビング、トイレの掃除をしてベッドメイクを行い、お客さんがお食事をとる時には配膳を手伝う。

ハイシーズンの夏休みに入ってからは、コテージ比羅夫に定休日はなく、毎日バタバタしていた。

約一年前まで勤めていた居酒屋チェーン店に負けないくらいのブラックっぷりだが、不思議と嫌な感じはなく、むしろ充実した気持ちだった。

「誰のせいにも出来ないオーナーだから」

そう感じるのかもしれないが、私はこうしてお客さんを迎える仕事が好きなことが大きいような気がする。

居酒屋チェーンもお客さんを迎える仕事だけど、あんまりプライベートに立ち入ることはないし、リピーターも意識していなかった。

だが、こうした小さな宿泊施設は、

「また泊めてくださいね」

と言ってくれる、ありがたいリピーターさんが支えてくれる。

私も、気に入って二度、三度と泊まってくれるお客さんとはよくお話しするので、顔や名前はもちろんのこと家族構成や趣味、好きな食べ物、飲み物まで覚えてしまう。

予約者名簿を見ながら、

「石倉さんはエンジェルフォールの白ワインがお好きだったはず」

「豊沼さんの奥様は、確か甲殻類が食べられなかったはず」

「山部さんはそば殻の枕が苦手だったはず」

お客さんとの会話を思い出しながら、お迎えの準備をするのが楽しいのだ。だから、前に働いていた時よりも忙しくなったけど、気にならないのだろう。

一年も働いていれば要領くらいはよくなる。

ログハウス調のお風呂場へ行き、もの凄い勢いで洗い場と脱衣所をデッキブラシでゴシゴシ磨き、常にお湯をろ過している循環器をチェックして、シャンプーやボディソープを補充して整えた。

全て整えてお風呂場から出てきたら、小樽(おたる)方面から銀の車体に緑のラインの入った一両編成の気動車がやってくるのが見える。

函館(はこだて)本線の比羅夫駅は線路が一本の単線区間にあり、電化されていないので走ってくるのは電車ではなく気動車。

だから、ガラガラとディーゼル音が遠くからでも聞こえてくるのだ。

「ギリギリセーフ！」

自分の仕事ぶりを自分で判定して、気動車がホームに入ってくるよりも早く倉庫へ戻って掃除道具とエプロンをロッカーへ放り込む。

キィィンとブレーキ音をあげて、小樽発17時3分比羅夫着の列車が、ホームの停車予定位置にピタリと到着する。

「今日も運転士は吉田さんね」

比羅夫に停車する列車は、一日で上下線合わせてたった十四本しかないから、時刻を覚えてしまうのは当たり前で、運転士の名前まで覚えてしまった。

こうして毎日見ているとわかってくるもので、実は運転士によって運転のクセがある。

中年の吉田さんは停車位置直前でガッとブレーキをかけるが、最近車掌から運転士になったばかりの、まだ若い大沼さんはホームに入ったら少しずつブレーキをかけていく。

停車する時にブレーキ音があまり鳴らないので、キィィンって音がしない時は「今日の運転はきっと大沼さんね」なんて分かるようになった。

ホームを見たら今日泊まるお客さんが、ドッと下車してくるのが見える。

十人以上がいるのは、比羅夫としてはラッシュだ。

今日は予約で満室だったが、ほとんどのお客さんはこの列車に乗ってきたようだった。

玄関へ駆け戻った私は、いつも変わらない短めの髪を鏡に映してサラッと整えて、夏用のスリッパを揃えて置き、両手をお腹のところで合わせながら玄関で待つ。

北海道といっても、ちゃんと夏は暑い。

だから、夏の間は白いポロシャツに、カーキのショートパンツというスタイル。

次々にやってきたお客さんをお待たせしないように受け付けをしつつ、食事やお風呂のご案内をしてから、部屋の鍵を皆さんにお渡ししていく。

今まで静かだったコテージ内が、お客さんの声で一番賑やかになる。

部屋へのご案内などでバタバタしているうちに時間はあっという間に過ぎ去り、今度は長万部方面から18時5分着の列車がやってきた。

停まった列車からショルダーバッグの持ち手を両手で持った女性が一人おりてくる。

「加奈さんだ」

ホワイトキャップを被った女性は、コテージ比羅夫のお客さん、何度も利用してくれているヘビーリピーター、加奈さんだ。

函館に住んでいる加奈さんは、いつも長万部方面からの列車で来る。

身長が百六十五センチくらいあり、厚底のオシャレなスポーツサンダルを履いていて、スラリとしたスタイルで歩く姿が格好いい。

グレーのワンピースを着て、柔らかそうな生地の薄いカーディガンを羽織っていた。

今日も加奈さんは大人な雰囲気の漂うオシャレなコーデ。

私には比羅夫のホームがランウェイのように見えた。

こういうコーデが出来ない私は、正直、加奈さんのような女子力高め女子に憧れる。

引き戸を開いて待合室に入った加奈さんは、元駅員室に付けられた玄関の扉を開く。

加奈さんが顔をのぞかせた瞬間、私はニコリと笑う。

「おかえりなさい」

私がオーナーになってから二回以上来てくださったお客さんには、いつもこう言うことにしている。

そうすると、言われたお客さんが笑顔になるから。

「ただいま、美月さん」

きっと亮が私のことを「美月」と呼んでいるからだと思うけど、仲良くなったお客さんは、だいたい「美月さん」と呼んでくれる。

あまり苗字で「桜岡さん」と呼ばれることはない。

「お荷物お預かりしますよ」

うちではお客さんのバッグを部屋まで運ぶことにしている。

「いえ、今日はこれだけなので」

白いキャンバス地の、縁や持ち手が茶の革で作られているショルダーバッグを持ち上げて見せた。

フワリとワンピースの裾を舞わせながら、加奈さんはサンダルを脱いで、黄緑のスリッパにすっと足を入れる。

そして、自分のサンダルはキチンと揃えて、靴箱に入れてくれた。

「では、決まりなので、宿帳へのご記入をお願い出来ますか？」

「いいですよ」

白くて細い指でペンを握り「青葉加奈」と名前を書きだす。

こういう人をお嫁さんに欲しいんだろうなぁ、世の男子は……。

きれいな字でサラサラと住所を書き込む細くて白い指を目で追いながら思う。

瓶ビールの大瓶を片手で摑むのが似合う、日に焼けたしっかりした自分の手を見る。

「これじゃあ〜ね」

私がフッと笑っていると、加奈さんが顔をあげる。

「どうかされましたか？」

「いや〜きっと、お嫁さんにするなら、加奈さんみたいな人がいいんだろうなぁ〜と思って」

そう言ったのは、「いいなぁ」って想いを込めてだ。

加奈さんがコテージ比羅夫を利用する時は、必ず彼氏さんと来るから。

とても仲良さそうな二人を何度も見ていたから、私は「そろそろ結婚するんだろうな」なんて思いながら、いつもお迎えしていたのだ。

ニコニコ……いやニタニタしていたかもしれないが、私はそういう意味も込めて微笑(ほほえ)みながら加奈さんに言ったのだが、

「それは……どうかな」

と、加奈さんははにかむように笑うだけだった。

あれ？　どうしたんだろう。

私が気になったのは、そんな反応をするとは思っていなかったから。

よく見たら、いつもより少し元気がないようにも見える。

こうしてたくさんの人をお迎えする仕事をしていると、加奈さんのようなよくお会いするお客さんの雰囲気が少し変わると、すぐに伝わるものなのだ。

私は今日の予約者名簿をチラリと見て、高砂哲也(たかさごてつや)の名前があることを確認する。

すぐに哲也さんが来るなら、きっと楽しい旅のはずなのに……。

私は雰囲気を変えるように、アハハと笑って言う。

「今日のお部屋は、リクエストして頂いた一番手前の『銀河(ぎんが)』です」

「ありがとうございます。あの部屋の窓から見える比羅夫駅前の景色が、哲也さんが『すごく好きなんだ』って言うので……」

フフッと笑う加奈さんの顔からは、さっきの曇りが消えていた。

「こちらこそありがとうございます。哲也さんが来られるまで三十分くらいですから、リビングでコーヒーでも飲まれますか？　今なら『夏限定、コーヒーフラペチーノ』も作れますよ」

オーナーとして「客単価を上げるため」の施策のひとつなのだが、

「こっちの仕事を増やすなよ」

と、唯一の従業員から釘を刺されているので、自分で作れる飲み物や簡単なデザートを増やしているのだ。

ゆっくりと首を左右に振った加奈さんは、スリッパを鳴らしながら、二階へ続くリビング奥の階段の方へ向かって歩いていく。

「いいえ、少し寝不足なので、お部屋で休ませて頂きます」

「そうですか。では、ごゆっくりどうぞ」

階段を上がっていく加奈さんを、私は首をひねりながら見送った。

私の考え過ぎかな？

一流ホテルで修業したドアマンやコンシェルジュってわけじゃないから、なんとなく勘では感じられても、お客さんの感情をハッキリと捉えきれないのだ。

リビングを通り抜けた私は、キッチンに入りながら首を傾げた。

大きなまな板の前にはコックコート姿の亮がいて、刀のような包丁を鮮やかに振り回しながら次々に野菜や肉を切り刻んでいた。

身長が百八十センチ以上あって、顔立ちの整った理系秀才タイプのイケメンが、ここの唯一の従業員でありシェフの東山亮。

数年前からコテージ比羅夫に勤めていて、徹三じいちゃんが亡くなってから私が来るまでの三か月間は、ワンオペで全業務をこなしていたというスーパー従業員だ。

きっと、私だけならひと月で休業になっていたに違いない。

キッチンには小気味いいトントンという包丁の音が響き渡り、コンロの方では大きな蒸し器から白い湯気が上がり始めていた。

食材の仕込みの香りが混じる、とても楽しい時間だ。

「美月、アルミプレートを出してくれ」

亮が振り返ることなく言う。

私は食器棚に向かって歩きつつ「は〜い」と答えた。

「なんだ？　加奈さんのことで、なにか心配事か？」

リビングには盗聴器があるのか⁉　それとも、亮は心を読む術を会得しているの？

「なんで分かるの？」

亮は首を少しだけ後ろへ回してフッと笑う。

「18時の長万部からの列車で来たのは加奈さんだけだし、美月は感情がすぐに態度に出るからな。だいたい分かる」

あんたは一流ホテルのドアマンか!?

美味しい料理が作れる上に、お客さんを見る目にも長けていることに少し嫉妬した私は、口を尖らせながらアルミプレートを置いていく。

「そうだけどっ」

「あんまり首を突っ込むなよ。宿にはいろいろなお客が来るんだ。訳ありじゃなくても、普通の人にだって悩みや調子の悪い時もあるんだからな」

振り向いた亮は、切り終わったラム肉を慣れた手つきでアルミプレートに盛っていく。

「それは分かっているんだけど……」

「あえて何も言わない方が、お客にとってありがたい時もある」

「……そうね」

コテージ比羅夫のオーナーといっても、まだ一年も経っていない。

宿のスタッフとしての経験は亮の方が上なので、こうしたことでは一日の長がある。

私は新鮮なピンク色のラム肉が、花びらのように並べられていくアルミプレートを覗き込む。

「うん？　お肉がぶ厚くなってない？」

「薄いラム肉だと『網にくっつく』って言っていたお客がいたからな。冬の間に改良して、バーベキューを再開してからは少し厚めに切って出しているんだ」

「そうなのね」

コンロの前にサッと移動した亮がステンレス製の四角いフタを開くと、白い湯気が換気扇へ向かって上がっていく。

「そこのトウキビをとってくれ」

私はトウモロコシが山盛りに積まれているトレーを持ってコンロへ歩く。

亮は私よりもきれいな指で、次から次へと半円柱形に切ったトウモロコシを蒸し器の中に並べていく。

火の通りにくいジャガイモやニンジン、トウモロコシといった野菜は、こうしてあらかじめ火を通してからお出ししているのだ。

左から右へ移動していくトウモロコシを見ながらつぶやく。

「私の思い過ごしね」

「きっと、そうだろう」

オーナーの勘を、なぜそう簡単に叩き切る？

亮に言われたこともあって、私は気持ちを切り替えて気にしないことにした。

「じゃあ、バーベキュー場の準備をしてくるから」

「急いでな。もう炭をおこしておいていいから」

亮と顔を見合わせた私はニッと笑う。

「はい！　まごころ込めて!!」

これは約一年前まで勤めていたブラック居酒屋チェーン店で、お客さんに注文をもらった時に応えるセリフだ。

亮は最初の頃は呆れていたが、最近は突っ込むこともなくなり、ある意味、コテージ比羅夫でいちばんよく聞くセリフになっていた。

きっと、宿泊したお客さんは、この言葉をなん度も聞いたと思う。

私はキッチンを出てリビングを抜け、玄関から待合室を通ってホームに出る。

コテージ比羅夫のウリの一つは、春から秋にかけての「プラットホーム上でのバーベキュー」だ。

すぐ横に列車がやってくるホーム上で、おいしいラム肉を食べながらビールが飲める。

そんな駅は日本中を探しても、きっと、ここだけに違いない。

駅舎の左側には透明なプラスチックの波板の屋根を載せたバーベキュースペースがある。

以前は倉庫の前でやっていたのだが、雨や風に弱いので今年の春に近所の工務店さんにビールを数杯奢って、ちょいちょいと作ってもらったのだ。

しっかりとした建築物ではなく、工事現場の足場に使うような鉄パイプを組み合わせて、雪の降る冬には片付けられるような造り。

周囲に壁がなくなったことで、晴れた日には風通しがよくて煙も留まらないし、雨が降ってきても周囲を透明ビニールシートで囲めば続けられるのだ。

「今日は六部屋満室だから……」

夏休みはお客さんがいつもいっぱいなので、ドラム缶を半分に切ったお手製バーベキューグリルが、常に二つ並べられている。

先端が角ばった炭シャベルでドラム缶の底に残った灰をすくい、アッシュコンテナと呼ばれる灰入れバケツに素早く集めていく。

うちの灰は木炭か薪から生まれたものなので、全て再利用している。

コテージ比羅夫では研磨剤として洗い物や掃除に使ったり、山菜などのアク抜きにも使用することが出来た。

更に変わったところでは、灰を溶かした水を窓際に撒いておくとカメムシが寄って来なくなるとかで、コテージの周囲に定期的に散布する。

だけど、一番大量に使用しているのは「枯れ木に花を咲かせましょう」作戦だ。

木炭というのはカルシウムなどのミネラルのたくさん入ったアルカリ性肥料で、酸性土壌を中和する働きがあるとのこと。

だから、大量に出るコテージ比羅夫の灰は、近所の農家さんに昔からお渡ししていて、畑の肥料に使ってもらっているのだ。

こうした灰が、農家さんからの「お裾分け」として野菜となって戻って来るのが嬉しい。

灰の片付けが終わったら、倉庫から木炭がいっぱいに入ったバケツと木片を持ってきて、二つのドラム缶の底に風が上手（うま）く入るように考慮しつつ積み重ねていく。

これも最初の頃は詰め込み過ぎたり、量が少な過ぎたりしたが、今年はかなり慣れて失敗することが少なくなった。

そこまでの準備が出来たら、部屋ごとの人数に合わせて徹三じいちゃん手作りの木の切り株椅子を合計十四個、バーベキューグリルの周囲に並べていく。

ちなみに切り株椅子は一個当たり約三十キロあり、こんな物を毎日いくつも運んでいるから、私の腕は加奈さんとは違ってたくましくなっているのだと思っている。

全ての準備が整ったら下の方に新聞紙を突き刺し、ピストル形のターボライターで火を点けた。

ちょっとおもしろいライターにしたのは、お客さんとの会話のキッカケになるかもしれないと思ったから。

新聞紙がパッと燃えたら炎が木片に引火し、最も燃えにくい木炭にも移っていく。一瞬、木片で火が大きくなるが、やがて落ち着き、木炭の遠赤外線の温かさが周囲に放たれるのが分かるようになる。

「よしっ、準備完了」

指差し確認をしてから、洗って干しておいた大きな金網を上に並べていく。

私は気配に気がついて小樽方面を振り返る。

「18時38分の長万部行が来た」

時計よりも正確なJR北海道の列車、夕日があたってオレンジ色に輝いている気動車が、ユラユラと車体を揺らしながらやってくる。

昔の長大な列車が停車していたなごりで無駄に長いホームの、比羅夫駅構内に入った瞬間、ゆっくりと減速を開始した。

運転台を見たら、サイドを刈上げた頭にしっかりと制帽を被り、白手袋の右手を真っ直ぐにビシッと出す運転士がいた。

「大沼さんか」

慎重な大沼さんは小まめにブレーキレバーを動かして、客室には振動を極力与えず、大きなブレーキ音を鳴らすこともなくスッと停車させた。

「お疲れ様です！」

車両に駆け寄った私が右手を振って挨拶すると、大沼さんは敬礼みたいに右手をあげて返してくれた。

すぐに立ち上がってホーム側のドア開閉ボタンを押す。

プシュッと空気が抜けるような音がして、前方のドアだけが開く。

ドアが開いた瞬間、加奈さんの彼氏である哲也さんが下車してきた。

哲也さんは札幌（さっぽろ）に住んでいるので、こうして小樽経由の列車でやってくる。

「おかえりなさい、哲也さん」

私は家（ホーム）のように出迎える。

本当は「高砂様」とか呼ばなくてはいけないのだが、半年前くらいに「哲也でいいですよ」と言われたので、今はこうして呼ぶようになっている。

「ただいま、美月さん」

私の名前を呼んだ哲也さんは、慣れた感じで微笑んでくれた。

サックスブルーのシャツの袖を少しだけ巻き上げ、下はネイビーのパンツに水色のスニーカーで、ブルー系にまとめているところがシンプルだけど爽やかで大人っぽい着こなし。荷物はいつも少な目で、今日も斜め掛けにした革のワンショルダーバッグだけの身軽なスタイルだった。

こういう格好って突然始めると浮くけど、哲也さんはこなれた雰囲気。

大きな瞳の少し丸みを帯びた顔は上品で、初対面でもいいところのお坊ちゃんということが伝わる感じ。

すぐにドアが閉められてフワァンと警笛が鳴り、大沼さんが右手を前へ伸ばして動き出した気動車が、次の駅であるニセコへ向かって走って行く。

そんな線路の右にある山向こうに、オレンジに輝く太陽が沈もうとしていた。

既に空は赤々となりつつあって、きれいな夕焼けになりそうだった。

「加奈さん、三十分前の列車で来られましたよ」

「そっ、そうですか」

人差し指をシャツの首元に突っ込みながら、哲也さんは唾を飲み込む。

こっちも……どうしたんだろう？

哲也さんは「金持ち喧嘩せず」的な人で、いつもにこやかに笑っている感じなのだけど、今日は少し緊張感が漂っているように感じた。

哲也さんを先導するように前を歩きながら、引き戸を開いて待合室へ入る。

私を上目遣いで見るように、哲也さんが聞く。

「なにか言っていました？　加奈」

と……聞かれても、なにも思いつかない。

「いえ、なにも」

首を振りかけた私は「あぁ～」と言ってから、

「今日は寝不足だから、お部屋でお休みになる……とはお聞きしました」

「……寝不足」

哲也さんは二階を見上げながら、そうボソッとつぶやいた。

玄関から一緒に入った哲也さんに宿帳を書いてもらう。

「ご希望通り、お部屋は一番手前の『銀河』ですよ」

そう言ったけど、哲也さんは階段の方をチラリと見ただけで、リビングルーム中央に置かれていた六人掛けの大きなウッドテーブル前の丸太椅子に腰をおろす。

「もうすぐ夕食ですよね」

「ええ、いつも通り19時からの予定です」

「じゃあ、加奈が寝ているかもしれないので、ここで待たせてもらいます」

そういう気遣いが出来るところが、哲也さんは優しい。

「分かりました」

私はキッチンの冷蔵庫で冷やしてあった麦茶を、純銅製の丸いカップに入れて、麻製のグレーのコースターを敷いて、哲也さんの前に置く。

「ありがとうございます」

冷気で表面が少し曇ったカップを右手で持ち、哲也さんは麦茶に口をつけた。

「ごゆっくりどうぞ」

私は再びキッチンへと戻りつつチラリと振り返ってみたら、哲也さんは線路が見える窓の方を向き、視線はまったく動かさなくなっていた。

なにか悩みでもあるのだろうか？

いつもとは違って「心ここにあらず」な哲也さんを見ながら思った。

そんな私の心配は、亮によって吹き飛ばされる。

「よしっ、今日はお客さんが多いから、食材はバーベキューテラスへ運んでおけ！　美月」

キッチンに入った瞬間に亮が振り向くこともなく言い放つ。

オーナーが決めた記憶はまったくないのだけど、なぜかあの場所は知らないうちに「バーベキューテラス」と呼ぶようになっている。

こう言われると、私の仕事モードのスイッチがパチンと入る。

「はい！　まごころ込めて‼」

両腕にほいほいとアルミプレートを四枚載せて走り出す。

六部屋分、合計十四名様分のバーベキューセットは大量。

しかも、コテージ比羅夫の夕食は「ボリューム満点」が売りの一つ。

だから、大量の食材が載ったアルミプレートを持ちながら、キッチンとバーベキューテラスを素早く往復する。

亮は料理の下準備の続きがあるので、キッチンを離れられないのだ。

ただ、こうしたホール的な仕事は、ブラック居酒屋チェーン店で叩き込まれてきたので、ベッドメイクや風呂掃除よりも慣れたもの。

厳しい亮をして「そこだけは初日から合格点だな」と言わしめた実力がある。

短い時間で食材、取り皿、お箸、タレなどの調味料をきれいにバーベキューテラスに用意した。

そこでだいたい19時になるので、階段の下に立ってお客さんにお声掛けをする。

「夕食のご用意が出来ました〜!!」

すぐにガチャガチャと扉の開く音が聞こえて、ガヤガヤと話しながらお客さんが二階の廊下を歩いて、階段から降りてくる。

パタパタという軽いスリッパの音に混じって、古い木造駅舎がギシギシと軋む音がした。

最初に階段から降りてきたのは、羊蹄山登山目的の六十代四人組男女だったので、

「川端様、夕食会場はこちらです」

と、グループのリーダーの男性の名前を呼び、私はツアー客を案内する添乗員のように右手を真っ直ぐに挙げながら、お客さんの先頭に立って玄関から出ていく。

外へと出た瞬間、いつも「どこで食べるの？」って声がヒソヒソ聞こえてくる。

そんな時、私はクリスマスプレゼントを隠している母親のように、フフッと含み笑いしながら、お客さんの驚く顔を楽しみにして歩く。

一つのバーベキューグリルは八人まで囲めるので、今日宿泊のお客さん十四人くらいなら同時に食べることが出来る。

十四人のお客さんが同時にリビングのテーブルで夕食を食べるのは難しいし、少ない従業員では多くのお客さんを相手にすることは無理なので、徹三じいちゃんがこうした方法を考えたらしい。

バーベキューは準備が大変だが、用意さえ終われば後は食材を運ぶだけだ。

今日は初めてコテージ比羅夫を利用するお客さんが多かったので、

『えぇ!?　ホームでバーベキュー!?』

という最も嬉しい声を聞くことが出来た。

部屋ごとに指定された場所に座ってもらい、バーベキューの簡単な説明を終えたら、すぐにジュッと肉や野菜の焼ける音がして、おいしそうな香りが立ち上った。

「すみません。飲み物をもらえますか？」

バーベキューを始めると、すぐにお酒やジュースの注文を頂くので、私はバーベキューグリルの周りを走り回りながら注文をとって、横の倉庫にある夏しか使わない冷蔵庫から品物を持ってきてお客さんに手渡していく。

ちなみに夏以外のシーズンなら、外へ置いておくだけで飲み物は冷える。

あちらこちらで「乾杯～」と声があがり、皆さんが厚切りになったラム肉に舌鼓を打ち始めた頃、川端さんから呼ばれた。

「すみません。スパークリングワインが欲しいのですが」

「でしたら、エンジェルフォールのナチュラルスパークリングはいかがでしょうか？」

「それおいしい？」

私はニコリと笑う。

「えぇ、優しい口当たりですが辛口で、お酒好きの私の一家三代で超おススメのスパークリングワインです」

このスパークリングワインは徹三じいちゃんが好きで、ワインセラーには必ず一本冷やしてあり、早春に十数年ぶりにやってきた父も手土産に持ってきたくらい。

その時、初めて父と一緒にお酒を飲んだが、そんな思い出と相まったこともあって、私はこのスパークリングワインが大好きになっていた。

「じゃあ、それをもらおうかな」

「では、ナチュラルスパークリングを、まごころ込めて～」

満面の笑みで応えた私は、待合室へ戻って玄関の扉を開いた。

ワインだけは小さなキッチンには場違いな巨大ワインセラーで冷やしてあるので、そこまで取りに行かなくてはいけないのだ。

そこでリビングに入った私は、テーブルについている哲也さんに気がつく。

あっ、そっか。お二人が来ていなかったんだ。

バタバタとバーベキューが始まってしまったので気がつかなかったけど、まだ、哲也さんと加奈さんは夕食を始めていなかった。

哲也さんが申し訳なさそうな顔をする。

「もう夕食スタートですよね？」

その言い方から、きっと哲也さんは「加奈さんが起きてくるのを待っていた」のだと私は思った。

「いいですよ。一時間くらい遅れてスタートされても」

「そうですか。じゃあ、そうさせてもらおうかな」

哲也さんが右の人差し指で、二階を指しながら続ける。

「ぐっすり寝ちゃっているみたいなので……」

「眠さを解消するには、寝ちゃうしかありませんからね」

「そうですね」

「ごゆっくりどうぞ」

私はリビングを抜けて、亮が忙しそうにしているキッチンに戻った。

「北斗星（ほくとせい）の川端さんから、ナチュラルスパークリングの注文を頂きました」

亮は次のプレートを準備しながら、相変わらずぶっきらぼうに答える。

「了解」

「それから、哲也さんのところは、スタートが一時間遅れです」

「一時間遅れ？」

その時だけは手を止めて、私の方を振り向いた。

「えぇ、加奈さんが部屋で寝ちゃったみたいなので……」

亮は天井を見上げて「そうか」とつぶやく。

「じゃあ、銀河用のアルミプレートだけは、一旦下げておいてくれ」

私は「了解」と返事しつつ、エンジェルフォールのナチュラルスパークリングを、幅五十センチはある気合の入った黒いワインセラーから一本取り出す。

小さなバケツのようなステンレス製のワインクーラーに氷を入れてからスパークリングワインを突っ込み、その上に白いナプキンを掛ける。

私が左手を出すと、亮が四つのフルート型のワイングラスを指の間に、下向きにスルスルと掛けてくれた。

さすがに一年近くもやっていれば、こうした動きは言葉を交わさなくても出来る。

「ありがとう、亮」

右の小脇にワインクーラーを抱え、左手に四つのワイングラスを吊りながらリビングを通り抜け、玄関からバーベキューテラスへと戻る。

「お待たせいたしました～」

私は川端さんのグループに、ワイングラスを一人に一つずつ手渡していく。

「スパークリングワインの栓は、お開けしますか？」

「いや、自分でやるから大丈夫だよ」

「では、よろしくお願いいたします」

私はワインクーラーごと川端さんに渡して、後はお任せすることにした。

しばらくすると、シュポンという派手な音がして、勢いよく宙に飛び出したスパークリングワインのプラスチック栓は、天井の波板にパシンと当たり他のお客さんから笑いを誘っていた。

私はそれから追加の食材をお客さんに届けたり、追加の飲み物を届けたりした。

やがて、一時間くらいしたところで、加奈さんが少し焦った顔でバーベキューテラスにやってきた。

「すっ、すみません！　気持ち良すぎて思いっきり眠っちゃいました」

後ろからついてきた哲也さんに、加奈さんは言う。

「起こしてくれてよかったのに……」

「起きるのを待ってくれるなんて、優しい彼氏さんじゃないですか」

他の部屋の食事はシメの焼きおにぎりになりつつあった。

これもコテージ比羅夫の名物の一つで、軽く結んだおにぎりは焼いても「寿司みたいに口の中で米がホロホロとほぐれる」とお客さんから大好評の品だ。お米はおいしい北海道産で、その表面をパリッと焼いて、利尻（りしり）産真昆布エキスの入った出汁（だし）じょうゆをかけて食べるのだから、まずいはずがない。

私はフフッと笑いながら、空いていた席へ二人を案内する。

「お飲み物は、なににしますか？」

二人は顔を見合わせてから、哲也さんが答える。

「じゃあ、最初はビールで」

「ビール二本、まごころ込めて～」

いつもの調子で応えた私は、冷えたビールを取りに行くついでに、一旦下げていた食材の載ったアルミプレートを亮から受け取り一緒に出した。

「コテージ比羅夫に閉店はありませんから、ごゆっくりどうぞ」

『ありがとうございます』

笑顔で声を合わせた二人は、すっと頭を下げた。

哲也さんと加奈さんが食事を始めて、約一時間。

21時近くになると、他の部屋のお客さんは、お風呂や部屋で過ごしだしたので、バーベキューテラスに残っているのは二人だけになっていた。

最初は心配だったけど、バーベキューが始まってからはいつもの雰囲気。

遠くから見ていた感じでは、羨ましいくらいに仲良さそうだったから。

ただ、今日の加奈さんは、いつもより多くビールを飲んでいた。

私は二人がいない方のバーベキューグリルを片付け始める。

お客さんが使用した皿やお箸を片付け、ゴミはゴミ袋に集めてテーブルや椅子を雑巾でキレイにしていく。

その時、話を聞くつもりはなかったけど、哲也さんと加奈さんの会話はチョコチョコと聞こえてきた。

「夏に富良野で見た、ヒマワリ畑がすごかったですよね」

加奈さんはそう話し掛けたが、哲也さんは少し上の空。

「うん……そうだね」

というか、なにかすごく考え込んでいるような雰囲気だった。

重大なことを切り出そうとして、言い出せなくなっているような感じに見えた。

「私、花の中ならヒマワリが一番好きです」

加奈さんは少し頭を下げて、下から覗き込むようにして続ける。

「哲也さんはヒマワリの花言葉を知っていますか？」

じっと回答を待っていた加奈さんに、哲也さんがポツリとつぶやく。

「富良野ね……」

「富良野？」

加奈さんに聞き返されて、哲也さんがハッとする。

「あれ？　今、富良野の話をしていなかった？」

「はい……。富良野の話をしていましたけど……」

「だよね。そうそう、僕も富良野は好きだよ」

加奈さんの顔が、フッと暗くなる。

「そう……ですね。私も富良野は好きです」

加奈さんはヒマワリの花言葉を聞いたのに、哲也さんはよく聞いていなかったみたいで、ヒマワリ畑のある富良野のことだと思ってしまったようだった。

そこで加奈さんは黙りこくり、揃えた膝の上に両手を置いてうつむいてしまう。

哲也さんも右手をポケットに入れたまま、真剣な顔で口を真っ直ぐに結んで少しうつむく。

二人はお見合い中の男女のように、目を合わせず、話をすることもない。

前にあるバーベキューグリルの炭だけが、時おりパチンと音を立てた。

この雰囲気は……。

少し嫌な予感がする。

人生でモテたことはなかったけど、私だってまったく恋愛経験がないわけじゃない。

付き合っていない男女二人が黙るのは告白前だけど、付き合っている男女が黙るのは別れる前……。

もしかしたら……哲也さんは、別れ話を切り出そうとしているのだろうか？

きっと、二人が別れた場所になったら、哲也さんも加奈さんも、二度とここへ来たくなくなるだろう。私だって彼氏と別れ話になった喫茶店には、なんとなく行かなくなった。

コテージ比羅夫がそんな舞台にはなって欲しくない。

一瞬そう思った私は、雰囲気が変わるように声でも掛けようと思ったが、

「あんまり首を突っ込むなよ」

って言っていた亮の言葉が頭に響く。

確かに……悲しい思い出の場所にコテージ比羅夫がなって欲しくはないけど、そういうことも受け止められるのが、いい宿というものなのだろう。

私は二人の声が聞こえないフリをしながら、片付けに専念した。

皿やお箸をトレーに載せた私が二人っきりにしようと歩きだした瞬間だった。

「……加奈っ」

その時絞り出した哲也さんの声は、加奈さんの叫ぶような声に吹き飛ばされる。

「美月さん！」

呼ばれたら返事をしなくてはいけない。

振り向くと、加奈さんは少し怒っているみたいな顔をしていて、哲也さんは何か言いかけた話の腰を折られて「あっ……あぁ」と落胆しているようだった。

「なっ、なんですか？　加奈さん」

いろいろと頭で妄想していたので、少しキョドった感じになった。

加奈さんはビールの缶を右手で掴むと、グッと一気に飲み干した。

「美月さん！　一緒に飲んでくれませんか？」

心の中で「えぇ～」と声をあげた。

私はお客さんから誘われたら断らずに一緒に飲むようにしているけど、あまりカップルの間に入って飲むことはなかった。

更に……この微妙な雰囲気の中に、私なんかが入っていいのだろうか？

「美月さんの分は、私がもちますから！」

今まで見たことのない気迫を加奈さんから感じた。

「でっ、でも――」

遠慮しようとしたら、哲也さんが笑顔で言葉を遮る。

「美月さん、是非、御一緒に」

そこまで言われてしまったら元居酒屋店長としては断れない。

私はニカッと笑って言う。

「では、折角なので、まごころ込めて～～～!!」

「じゃあ、私もおかわりのビールをください」

「ご注文ありがとうございま～す」

ニコニコしながらトレーを持ってキッチンへ戻ると、私はエプロンを外してから五百ミリの缶ビールを冷蔵庫から二本取り出す。

既にシンクで片付けに入っていた亮は、小さなため息をつく。

「まったく……オーナーが業務中に酔っぱらっていてどうすんだ？」

私はビールを顔の横に掲げて微笑む。

「これは加奈さんの奢りですから、業務の一環です」

「ここはスナックか？」

呆れ過ぎた亮は、思わずフッと笑った。

「それ、いいね〜」

「なにが？」

「比羅夫には一つもないから、夜はスナックでもやろうかな？」

アハハと笑った私は、玄関からホームへ出てバーベキューテラスに戻った。

「徹三さんが、絶対に化けて出るぞ」

そして、二人とバーベキューグリルを挟むようにして座って、一本のビールは加奈さんに手渡して、もう一本は右手に持って真ん中に掲げる。

「加奈さん、いただきます！」

まだグリルには炭が赤々と燃えているから、手の下の方が温かかった。

「どうぞ、どうぞ」

加奈さんと一緒にタブを手前に引いたら、プシッといういい音が響いた。

それが合図となって、三人で缶ビールをぶつけ合う。

『乾杯〜〜〜!!』

ビールは最初の一口が美味しい。

そう思うと、最初の一口は、息が苦しくなるくらいまで口を離したくない。

思いきり喉へビールを流し込んだ私が「くっは〜!!」と声をあげたら、

「「くっは〜!!」」

なぜか加奈さんと声が重なった。

「やっぱりコテージ比羅夫で飲むお酒が一番美味しい！」

今日はいつもよりずっとビールが進んでいるにもかかわらず、加奈さんは私と同じペースで飲んでいた。

いいの？　加奈さん!?

私は彼氏の前でもなし、一口目のビールの美味しさというのは、この声まで含めての美味しさだと思っているからいいけど……。

いつも横で飲みっぷりを見ているわけじゃないけど、加奈さんがこんなに飲んでいるのは見たことがない気がした。

哲也さんは少し気圧（けお）されているみたい。

「なにか飲まれますか？　哲也さんも」

「いえ、僕はまだ残っていますから」

ビール缶をあげて哲也さんは微笑んだ。

その時、小樽方面から一両編成の長万部行最終列車がホームに滑り込んできて、バーベキューテラスの近くまでガラガラとやってきて停車した。

ドアは開いたが上り最終列車から比羅夫で下車する人はいない。

運転士の吉田さんが笑顔で手を振ってくれたので私達三人も振り返すと、応えるようにファンと警笛を短く鳴らしてから出発していった。

あっという間にエンジン音は遠ざかり、赤いテールランプが右カーブに消えて行く。

この時刻になったら周囲の草むらから聞こえてくるのは虫の音くらいで、ここがプラットホームとはとても思えない雰囲気になる。

哲也さんと加奈さんは常連の宿泊客だけれど、二人の関係についてはあまり詳しくなかった。

まぁ、私だって泊まった宿のオーナーに、自分のプライベート情報を話すことはない。

宿帳を見ながら、いつも不思議に思っていたことから聞いてみることにする。

私は両手の人差し指だけを伸ばして、線路の左右を指差す。

「どうしていつも哲也さんは札幌からで、加奈さんは函館から来られるんですか？」

焼き上がったおにぎりを哲也さんはトングで掴んで、加奈さんのお皿に置いてあげる。

「僕達、遠距離……なんです」

「同じ道内なんですけど……北海道なので」

加奈さんが哲也さんに続くように言った。

「そっか～北海道内なら、余裕で遠距離恋愛になっちゃいますよね。函館から札幌まで特急でも片道約四時間ですもんね」

私もさすがに北海道の距離感は、身に染みて分かってきた。

もし函館から北の果ての稚内まで行こうとすれば片道約十時間は掛かり、朝7時台函館発の特急列車に乗り遅れたら、もうその日に稚内に列車では行けなくなる。

根室でも約十時間、網走なら約十一時間だ。

彼氏が東京から約二時間半で行ける新大阪に住んでいたって「遠距離」っていうんだから、四時間かかる函館と札幌なら十分「遠距離恋愛」だ。

「へぇ～そういうことだったんですね」

「函館支社で知り合ったんですが、僕が転勤で札幌本社へ帰ることになって……」

私は少し頬を赤くした哲也さんと加奈さんを見る。

「本社へ異動ってことは……。二人は同じ会社にいたとか？」

加奈さんはビールを飲みながらコクリとうなずく。

「私達、『タカサゴ・ホールディングス』っていう、医薬品や医療機器の卸売事業をしている会社に勤めているんです」

「タカサゴ・ホールディングス……」

私がそうつぶやいたのは、あまり聞いたことがない企業名だったからだ。

代わって哲也さんが説明してくれる。

「医療機器の販売会社なので、テレビCMとか打ちませんからね。うちは従業員二千六百人、年商二千五百億円程度の小さな会社なので……」

そんな数字を聞いた私は思い切り驚く。

「年商二千五百億⁉　大企業じゃないですか⁉」

「大したことありませんよ。そんな企業は日本に、いくらでもありますから」

アハハと気楽に笑っているけど、コテージ比羅夫何万軒分だ⁉

そこで加奈さんにバトンタッチする。

「哲也さんが営業課長で赴任してきた時、私は函館支社の事務職だったんです」

「あぁ〜それで知り合ったわけですね」

「そろそろ一年になるかな……」

目配せをするように加奈さんがつぶやくと、哲也さんがすぐに応える。

「そう〜だね。僕が函館に異動したのは夏休み前くらいだったから、そうそう、そろそろ一年になるね」

私は思わず「へぇ〜」って声をあげてしまう。

「一年も付き合っているなんて、中々長いお付き合いですね」

「そうですね。でも〜一年間毎日会っていたわけじゃなくて。付き合って三か月くらいで、僕が札幌本社へ帰ることになってしまったので、それから九か月くらいは月に一回くらいしか会えなくて……」

すまなそうな顔をする哲也さんに、私は微笑みかける。

「それが良かったのかもしれませんよ」

「それが良かった？」

恥ずかしさを吹き飛ばすために、私はビールをぐびっと飲んでから目をつむった。

「ほどほどに愛しなさい。長続きする恋はそういう恋だから」

目を開くと、二人とも少しあ然としていた。いや……引いてる？

「それが……美月さんの恋愛観ですか？」

そう聞く哲也さんに、私は頬を赤くしながら手を左右に振る。

「こんなセリフを思いつけるなら、今頃、コテージを改装して劇場にしていますよ～」

そこで、加奈さんが「あっ」と口を開く。

「シェイクスピア！」

右の人差し指を伸ばす加奈さんに、私も同じポーズで応える。

「正解～～～!!」

「美月さん、シェイクスピアを読まれるんですね」

残念ながら、そこは首を振るしかない。

「すみません。これは私が唯一知っているシェイクスピアの格言です。これ以上は残念ながら一文(いちぶん)たりとも出て来ることはありません」

胸を張ってビールを流し込むと、二人が思いきり笑ってくれた。

こうして一緒に飲んだことは、結果的にはよかったかな？

さっきはすごく心配だったけど、もう二人の間に変な空気は漂わなくなった。

まるで夫婦のように、同じエピソードについて二人は交互に話をしていたから。

そうなってくると、二人についていろいろと聞きたくなってくる。

「札幌と函館なのに、どうして、ここをよく利用してくださるんですか？」

普通に考えたら札幌か函館で会うはずだ。

きっと、おいしい料理を出すお店も多いと思うし、高級なホテルもいくつもある。

一回目を合わせた二人は、譲り合うようなアイコンタクトをとった。

そして、哲也さんが言うことにする。

「最初は札幌か函館で会っていたんですが、僕から『真ん中くらいで会わないか？』って提案したら、加奈も賛成してくれて」

「へぇ～真ん中だから……比羅夫だったんですね」

「だから二人で遊ぶ場所は小樽、余市、ニセコ、長万部といったようなところが多くて」

「でも、どうしてそうしたんですか？」

私には意味が分からなかった。

また頬を赤くした哲也さんが、照れながらつぶやく。

「ほら、札幌で会った時とか、駅に見送りに行ってから加奈が家に着くまで四時間くらい『ちゃんと着いたかな』って心配になるじゃないですか」

「そうそう、私も函館駅で見送った後、ずっと心配だったから……」

加奈さんは追いかけるように言った。

二人がとても羨ましくなって、私はクッと両目をつむって残ったビールを飲み干す。

「くぅぅぅぅ～。いいですねぇ～そういう恋愛って！」

「そうですか？」

聞き返す哲也さんに、私は恥ずかしげもなく言う。

「だって、相手の無事を祈ることは『愛している』ってことですから！」

二人は同時に赤くなってうつむいた。

すぐに加奈さんが照れを隠すように右手を左右に振る。

「そっ、それだけじゃなくって！　二人の関係は『秘密にしておかなくちゃいけない』ってこともあったので……」

「秘密？」

私は首を傾げる。

「札幌や函館で会っていたら、同じ会社の人に目撃される確率が高くなりますから」

「別に問題なくありません？　アイドルグループじゃないんですから。今時タカサゴ・ホールディングスには『恋愛禁止』とかいう社内ルールでもあるんですか？」

また、顔を見合わせた二人は、アイコンタクトで相談し合う。

「社長がうるさくて……」

なぜか哲也さんが申し訳なさそうに言った。

「社長が？」

「社長が『社員とは平等に接しなくてはいかんのだ。だから特定の女性社員との恋愛の噂が立たないように』っと……」

思わず「えぇ～」と声をあげてしまう。

「そんな時代錯誤な～。てか、社長が社員の恋愛にまで口を出してくるんですね。タカサゴ・ホールディングスって……」

そこまで言ったところで、私は重大なことに気がついて目を見開いた。

「もしかして⁉」

頭の後ろをかきながら哲也さんが微笑む。

「えぇ、僕は父が経営している会社に勤めているので……」

「えっ――⁉　哲也さんって御曹司（おんぞうし）なの――⁉」

私が大袈裟に驚いたので、哲也さんが照れ笑いする。

「そんな御曹司なんて大したもんじゃありませんよ。いつ倒れるかも分からない程度の会社ですから……」

私は思い切り手を左右に振る。

「いやいや～私が前にいた居酒屋チェーンなんて、二千人くらいの社員がブラック環境で必死に働いても、年商五百億円程度ですからね」

飲食なら本当に「いつ潰れるかも分からない」けど、堅い医療業界なら、きっと、そんなことはないだろう。

常に漂っている落ち着いた感じは、お金持ちに生まれて育ったからなのね。

私は哲也さんから醸し出される雰囲気を理解した。

「なんだ～哲也さん、そんなすごい方だったんですね～」

「すごいのは父です。僕ではありません」

哲也さんは謙遜した。

「だから……二人の関係は『ひ・み・つ』だったんですね」

私は少しうつむいている加奈さんをチラリと見てから続ける。

「でも、社員と付き合っちゃダメなんて……。今時、理不尽ですね」

哲也さんは優しく微笑む。

「いえ、そこまでは父も厳しく言っていません。実際に父だって母とは社内恋愛なんですから」

「そうなんですね。じゃあ、秘密にする必要性なんてないじゃないですか」

「まぁ～もしそうした相手が出来た時は、ちゃんと『婚約してから社員に発表しなさい』って言っているだけなんです。一応、会社での立場もありますから……」

「まぁ、いろんな女性と噂が立ったら――」

そこまで言ったところで、頭の後ろをスパンと叩かれる。

「アタッ！」

「なにお客さんのプライベートを根掘り葉掘り聞いてんだよ」

後頭部を押さえながら振り返ったら、亮がムスッとした顔で立っていた。

「いや、それはだって……話が盛り上がって……」

私が言い訳をしている横で、亮がペコリと頭を下げる。

「すみません。立ち入ったことまで美月がいろいろと……」

微笑んだ加奈さんは、首を左右に振る。

「楽しく飲んでいますので、全然大丈夫ですよ」

「ほら～加奈さんも、ああ言ってるじゃん」

私が加奈さんを指差すと、亮は小さなため息をつきながら私の前のテーブルに新たな缶ビールを置いて、空になった缶を回収する。

「なら、いいんだけどなっ」

更に加奈さんの前にも冷えた缶ビールを置く。

「こちらはオーナーからの奢りです。よろしかったらどうぞ」

「いいんですか⁉」

嬉しそうに聞き返す加奈さんに、亮は私には見せないような笑顔を作る。

「えぇ、オーナーの給料から天引きですから、まったく気にしないでください」

「どうぞ、どうぞ。正に吹けば飛ぶようなオーナーの薄給ですが、ビールを奢れるくらいには、ちゃんともらっていますから～」

私も勧めた。

「高砂さんも飲まれますか？」

亮が続いて哲也さんの前にも置こうとしたら、哲也さんは指を揃えた手を出して止めた。

「僕はもう結構です」

亮は「では」と水のボトルを出して、テーブルのグラスに注いだ。

「それでは高砂さんは、先にお風呂に入られますか？　今なら空いていますよ」

亮は私と加奈さんを見てから続ける。

「女子チームは、まだ飲まれるようですし……」

顔を見合わせた私と加奈さんは、プシッと缶ビールのタブを開け、

『まだまだ飲むぞ～』

と、バーベキューグリルの上で缶をぶつけて乾杯し直した。

そこそこお酒を飲んだこともあって、加奈さんのテンションはかなり上がってきた。

哲也さんは加奈さんを見ながら立ち上がる。

「じゃあ、そうさせてもらうかな」

亮はチーズや乾きものなどが載ったお皿と一緒に、残り火で少し炙るとおいしく食べられるスルメや小さなさつま揚げも一緒に持ってきてくれていた。

「ありがとう、亮」

「ここは小料理屋美月か？」

「それでもいいよ～私は」

私の前にトングと一緒に皿を置いた亮は、哲也さんと一緒に歩いていく。

すぐにスルメをバーベキューグリルの上に一枚置く。

「少し炙ると、本当においしいですよね、スルメって」

二人きりになって加奈さんは少しホッとした顔を見せた。

今日はお酒を多く飲んでいるせいか、いつもより子どもっぽいというか、少し無邪気になっているような気がした。

その時、比羅夫の最終列車である21時29分発小樽行がやってくる。

この列車になると、下車する人がいないどころか、乗っている人も二、三人といったところでひっそりしている。

そんな最終列車が真っ暗な比羅夫の草原に消えていく様子は、宮沢賢治の『銀河鉄道の夜』の終着駅が近づいてきた時のワンシーンのようだ。

私は赤い星のように輝く、二つのテールランプを見ていたら、新幹線でアテンダントをやっている、「木古内七海」から聞いた話を思い出す。

「そう言えば……『銀河鉄道の夜』の挿絵は、だいたい描写が間違っているって話知っています？　加奈さん」

「いえ～、まったく知りません」

「まぁ、普通そうですよね。これは私も鉄道好きの親友から聞いた話なので」

「それで？　どこが間違っているんですか？」

前のめりに聞く加奈さんに、私は右の人差し指を立ててクイズみたいに聞く。

「銀河鉄道っていったら、先頭車はなんですか？」

「えっと……汽車ですよね。煙の出る蒸気機関車？　でしたっけ？」

加奈さんは自信なさげに答える。

「そうですよね。『銀河鉄道の夜』の表紙や挿絵って、全てといっていいくらいにモクモクと煙の出ている『蒸気機関車』なんですけど、実はそれが間違いなんです」

「えっ!? そうなんですか!? 確かアニメも蒸気機関車でしたよ」

驚いた加奈さんは、少しビールを飲んだ。

「原作を読むと……ジョバンニが『それにこの汽車石炭をたいていないねえ』と言って、カムパネルラは『アルコールか電気だろう』って答えているんです」

「アルコールか電気……」

「つまり……エンジンを回して走るディーゼル機関車か、架線から電気をもらって走る電気機関車を宮沢賢治はイメージしていた……らしいですよ」

フフッと微笑んだ私もビールをグイッと飲んだ。

「でも……どうして多くの本が、そんな間違いを？」

加奈さんは首を傾げる。

「どうも、絵のついた本を作ると決めた頃の最初の編集者が『蒸気機関車だろう』って想像してしまったらしくって、そのまま間違ったままで続けているみたいですよ」

「へぇ〜、そんなことは初めて聞きました」

感心している加奈さんに私は微笑む。

「私も鉄道ファンの七海から聞くまでは、まったく知りませんでしたから」

そこで顔を見合わせた私達は笑い合った。

いい具合に焼き上がったスルメを裂きつつ、私達は夜の宴会を続けた。

夏の昼間は日差しで暑いけど、夜になると北海道は一気に気温が下がる。

すっかり静かになった比羅夫駅のホームには、気持ちいい風が吹いていた。

そんな場所でビールを飲みながら、少し温まったさつま揚げにチロリとしょうゆをかけて、亮がつけてくれた薬味のしょうがと食べると、本当に「幸せだ〜」と思う。

加奈さんは哲也さんと一緒に行ったデートについていろいろと話してくれた。

「私、付き合い始めた頃に行ったところが忘れられなくて……」

「どういうとこへ行ったんですか？」

「ヒマワリ畑のきれいなところだったんです」

加奈さんは嬉しそうに微笑む。

「いいですね。北海道には驚くようなヒマワリ畑が、いっぱいありますもんね」

私はウンウンと頷く。

「有名なところだと……北竜（ほくりゅう）、名寄（なよろ）、大空（おおぞら）、美瑛（びえい）、富良野なんてところですけど、観光マップにも載らないところにも、驚くようなヒマワリ畑がありますよね、北海道って」

「そうです、そうです」

北海道では観光目的以外にもヒマワリを植えているところがたくさんあって、道路を走っていると突然そんな光景が広がってびっくりする。

「哲也さんと初めて遠出した時に、絨毯のように目の前から小高い丘の上まで咲き誇っていたヒマワリの花が、突然吹いてきた風を受けて、波のようにゆったり揺れる光景に感動してしまって……」

そこで加奈さんは私を見て、微笑んで続ける。

「その日から私、すべての花の中で『ヒマワリ』が一番好きになったんです」

「そうなんですね」

「ヒマワリの花言葉って『あなただけを見つめる』とか『情熱』とか『あなたを幸せにします』とか、情熱的でポジティブなところも好きなんです」

小さく頷いてから、私は加奈さんに言った。

「それは……『愛している』ってことですよ」

「付き合っている相手が『どうしたら喜んでくれるだろう』って考えるのは、愛していないと出来ませんからね」

私は「いいなぁ」と思いながら、ビールを喉へ流し込んだ。

だけど、加奈さんの顔色はあまり優れなかった。

開いた両手で缶ビールを持って間でコロコロと回している。

「どうかしました？　加奈さん」

すると、加奈さんはため息交じりにつぶやく。

「……そういうデートも、今回が……最後かもしれません」

私は「えっ？」と加奈さんを見る。

「どういうことです？」

「私と哲也さんが会うのが……です」

口元にビール缶をつけながら、加奈さんは遠くに目線を向ける。

「そんなこと……ないと思いますよ」

私が自信を持って言えなかったのは、さっきの雰囲気を知っているからだ。

「私、聞いたんです……。函館支社の給湯室で……」

「なにをです？」

聞き返した私を加奈さんは真っ直ぐに見つめる。

「哲也さんには『今、大手病院の令嬢との縁談が持ち上がっている』って……」

言いながら加奈さんの瞳は潤んだ。

「そっ、そうなんですか!?」

突然の展開に、私は目を大きくして驚く。

「私が哲也さんと付き合っていることは秘密なので、それを知らない同僚の桂岡が『ねぇねぇ、前にここにいた高砂課長の噂聞いた？』って感じで教えてくれて……」

フゥと小さなため息をつきながら、加奈さんは肩を落とす。

だから、さっき別れ話をしようとしていたのかな？

そういう話があるのなら、哲也さんがなんとなく思いつめたような表情をしていたのも分かるし、加奈さんとの会話がギクシャクしていたのも理解出来る。

小さな宿のオーナー程度には理解出来ないけど、やっぱり大きな会社を引き継ぐかもしれないような男の人にとっては、妻選びも「好き」というだけでは決められないのだろうか？

すっかり落ち込んでしまっている加奈さんを見るのは辛かった。

「あくまでもウ・ワ・サ……ですよね？」

私は一生懸命に微笑んだ。

「それとなく聞いてみようかとも思ったんですけど……今日の哲也さんは、どこか上の空で……」

「……そうですか」

私にはどう言っていいのか分からなかった。

「それに……今回の待ち合わせも変なんです」

「変？」

「いつもなら早い時刻にデートする場所で待ち合わせてコテージ比羅夫へ来るか、コテージ比羅夫で待ち合わせの時は次の日にどこかでデートなんですけど……」

加奈さんの言葉には、吐息が多く交ざった。

「確かに……いつも一緒に来られるか、次の日は一緒にお出かけされていましたよね」

「それなのに……今日は夕方待ち合わせたのに、明日はどこにも行く計画がなくて」

「そうだったんですか……」

「理由を聞いてもハッキリ言ってくれませんし……」

私は今の話を聞いた瞬間に「これは決定的かも」と思ってしまった。

いつ別れ話を切り出すつもりだったのかは分からないが、そんな話の後に二人で過ごす時間は長くない方がいいに決まっている。

そのために、こういう待ち合わせの仕方をしたと感じた。

二人の間に沈黙が流れ、虫の音だけが静かに響く。

「哲也さんとあのまま話していたら、別れ話を切り出されるんじゃないかと思って……」

そこで私を振り向いた加奈さんの目からは、涙がすっと一筋落ちた。


「だから……美月さんに助けを求めてしまいました……」


その健気（けなげ）な微笑みは、抱きしめたくなるくらいに儚（はかな）かった。

グッと胸にこみ上げてくるものがあったけど、ここで私も一緒に泣いたからって、加奈さんにとっては何にもならない。

私に出来ることは、別れまでの時間を遅らせることくらいだ！

「もう、今日はとことん飲んじゃいましょう！」

私が前のめりに言ったら、加奈さんは「えっ？」と少し引いた。

「加奈さんが完全に酔っぱらっちゃったら、きっと、哲也さんはそんな話なんて、今夜は出来ませんから！」

私はバーベキューグリル越しに、加奈さんの細い手を両手で包み込んだ。

まったく前向きではない作戦だが、お酒は人類の友。

こういう時こそ、役に立ってもらわないと。

加奈さんは決意したように、グッと手を掴んで握り返す。

「そうですね。今日はとことん飲みます！」

「そうこなくちゃ！」

私は椅子から立ち上がり、キッチンにあるワインセラーへ向かって歩き出した。

結局、私と加奈さんは、0時を回るくらいまで飲んでいた。

哲也さんも女子二人で異様な盛り上がりを見せる、バーベキューテラスには近寄りがたかったようで、お風呂を上がったら部屋へ戻ったみたいだった。

お開きにした私達はリビングの階段の下で解散したので、加奈さんが部屋に戻った時、哲也さんが起きていたかどうかは知らない。

ただ、加奈さんは私よりもお酒に弱かったので、完全にヘロヘロになってしまい、きっとドアを開けたら、そのままベッドに倒れ込んだに違いない。

それでよかったのかどうかは分からないけど、ひとまず、今夜別れ話になることは、お酒の力をもって延期させることに成功した……はず。

時間が経てば気が変わるかもしれないから……。

私はすごく気持ちのいい二人のお客さんを一度に失うのが悲しかった。

だから、「そんな話はなくなればいいのに……」と心から思った。

化粧を落として顔を洗って部屋着に着替えた私は、少しだけスマホをいじっていた。

加奈さんの言っていたヒマワリの花言葉について、少し気になったからだ。

ヒマワリの花言葉はおもしろく、紫色の場合は「悲哀」とか、白の場合には「ほどよい恋愛」とか消極的な意味になったりした。

「へぇ～贈る本数によっても、意味が変わるんだぁぁ～」

そんな画面を読んでいるうちに眠くなり、私は寝落ちしていた。

第二章　九十九本のヒマワリ

少なくとも三代続けてお酒好きの家系に生まれた私は、おかげ様で「二日酔い」という目に遭ったことがない。

だから、いつも通りに長万部行の一番列車で目が覚めた。

春のダイヤ改正があったので、一分早くなって6時30分着だ。

最初の頃はドドドドッというディーゼルエンジンの爆音で、夢の国から一気に引き戻されて「なにっ⁉」って驚いていたけど、最近は心地いい目覚まし時計気分。

「よしっ！　今日も一日頑張ろう」

気合を入れて起きた私は、クローゼットから新しい白いポロシャツとカーキのショートパンツを取り出して、昨日とまったく同じスタイルに着替える。

オーナー室を出たところに従業員用の洗面台があるので、そこで顔を洗って歯磨きを終えてから、あっという間にヘアスタイルを整え、ブラック居酒屋時代より五分の一くらい簡素になった化粧をする。

毎日廊下に漂う匂いに魅かれながら、私はキッチンに入っていく。

一年近く嗅いでいるのに、どうして飽きないんだろう。

朝ご飯の用意の匂いだけで、頭はスッキリしてシャキッと目が覚める。

「おっはよう〜〜〜!! 亮」

やはり少しお酒が残っているのか、ハイテンション気味に言った。

亮は資源ゴミのアルミとガラスのところに出現したビール缶の山を見る。

「おはよう、スナック比羅夫の美月ママさん」

「昨日は大盛況だったからねぇ〜」

私はクンクンと鼻を鳴らしながら、おいしそうな味噌汁の入った鍋のフタを開く。

すぐに白い湯気と一緒に、かぐわしい北海道味噌の香りが鼻を通り抜け、穏やかな雰囲気に包まれる。

これを部屋の芳香剤にしてくれないだろうか?

そう思ってしまう。

周囲を見回すと、ご飯も炊けているし、おかずも全て仕上がっていた。

そこで、亮が着ていた白いコックコートを脱ぎだす。

「美月、用意は全て終わっているから、お客さんに朝食を出しておいてくれるか?」

今までもそういうことはなん度かあったので、問題はない。

テンション高めの私、額に右手を適当にあてて敬礼しながら、

「**了解！　まごころ込めてっ**」

と、大きめの声で返事してから聞き返す。

「川端さん達を登山口まで送ってくるの？」

「あぁ、そうだ」

私は給仕用の自分のエプロンを腰に巻きながら聞く。

「でも、登山口までは十分くらいでしょ？」

コテージ比羅夫の朝食は7時半だし、羊蹄山に登る人達には、具を中に入れたおにぎりを作ってアルミホイルに包んで手渡すことにしているのだ。

だから、登山口へ送るくらいでは、私が朝食の準備を担当することはない。

「今日は羊蹄山に登るお客さんが多いからってこともあるんだけど。ちょっと、その後に頼まれ事もあってな」

「頼まれ事？」

亮はすっと二階を見上げる。

「高砂さんと……風呂上がりに、そこで少し話して……なっ」

なにか奥歯に物が挟まったような言い方をする。

「哲也さんから、なにか頼まれたってこと？」

「そういうことだっ」

目線を逸らす亮からは、なんとなく「それ以上聞くなオーラ」が出ている。

「分かった。気をつけてね」

壁のキーラックから送迎用のバンのキーを取って、廊下へ出ていく。

「あぁ、9時までには戻るから」

私は「は〜い」と言いながらついていく。

既に玄関前には羊蹄山へ向かう、カラフルな登山ウェアに身を包んだ七人が集まっていた。

『おはようございま〜す』

お互いの挨拶が一つになって、リビングに大きく響いた。

「では、羊蹄山登山口へお送りします」

亮が玄関へ向かって歩き出し、私はお客さんにアルミホイルの包みを確認しながらお渡ししていく。

「こちらは朝食とご注文いただいた方には昼食ですので、山で食べてくださいね」

皆さん「ありがとうございます」と丁寧にお礼を言いながら受け取ってくれ、駅前に停めてあった白い大きなバンに次々に乗り込んでいく。

全員が乗り込むと、自動でドアが閉まってバンがUターンするように走り出す。

「ありがとうございました〜。お気をつけて〜」

私は駅の出入り口のところに立ち、バンが見えなくなるまで手を振ってお見送りした。

7時半になると、羊蹄山登山をしないお客さんがリビングに降りて来る。

全宿泊者の半分で、今日は七人だった。

五人のお客さんは、すぐに一階に降りてきたけど、哲也さんと加奈さんは8時になってもリビングに来なかった。

「大丈夫かな？」

他のお客さんの朝食をリビングに運びつつ、階段の下からなん度か見上げた。

私は大丈夫だったけど、やっぱり加奈さんには少し無理だっただろうか？

二日酔い知らずの私は、ちょっと申し訳なく思った。

昨日聞いた話だと、二人はここで別れて別な方向へ帰るとのこと。

だとすると……哲也さんは9時3分発の倶知安(くっちゃん)行下り列車に乗るはず。

それに乗り遅れたら、次は11時31分になるからだ。

私がソワソワしていたら、8時半前に二階からパタパタとスリッパ音が響いてきた。

「起きてきた！」

見上げると、哲也さんはこれから仕事なのか、白いシャツにネクタイを締めて降りてきた。

「おはようございます！」

「おはようございます」

にこやかに応えた哲也さんの後ろを覗き込む。

「加奈さんは……？」

「頭が痛い……とかで」

そういったこともあってか、哲也さんは元気がなさそうだった。

「そっ、そうですか……すみません」

素直に上半身を折って頭を下げたら、哲也さんが恐縮して両手を左右に振る。

「そっ、そんな。美月さんのせいじゃありませんよ～」

「いえ、私が調子に乗って『とことん飲んじゃいましょう！』なんて言っちゃったからで……」

「美月さんを誘ったのは、加奈ですから」

頭を上げたら、哲也さんは爽やかに微笑んでいた。

「そうですか～」

「だから、気にしないでください」

私は気持ちを切り替えて、哲也さんを窓際のカウンターテーブルに案内する。

「すぐに朝食の用意をしますので」

「すみません」

私はキッチンへ戻ると、ご飯をお茶碗によそい、味噌汁をお椀に注いで、焼き鮭、玉子焼き、サラダの載ったメインプレート、佃煮、ほうれん草とベーコンのバター炒めの小鉢と一緒にトレーに載せて哲也さんのところへ戻った。

コテージ比羅夫の朝食は、基本的に純和風。

連泊で希望するお客さんには、洋食メニューを出すことにしている。

私は皿やお椀をテーブルの上に並べていき、コップには冷たい麦茶を注いだ。

「お待たせいたしました」

私と同じように、哲也さんも「う～ん」とお味噌汁の匂いを嗅ぐ。

「ここの朝食っておいしいよね。僕、大好きなんですよ」

スマホを取り出して、全体をカメラでカシャリと上から撮る。

「そんなに工夫しているメニューじゃないんですけど、やっぱり地元の食材はなんでもおいしいですからね」

少し元気を取り戻した哲也さんはスマホを脇に置き、笑顔でパチンと両手を合わせる。

「いただきます！」

「ごゆっくりお召し上がりください」

私がトレーを胸にあてながら下がろうとすると、哲也さんが左手にお茶碗、右手にお箸を持ったまま少しだけ振り返る。

「そう言えば、亮さんは戻られました？」

「いえ、まだ戻っていませんが……」

哲也さんはチラリと玄関を見る。

「やっぱり無理だったかな〜？　だったら悪いこと頼んじゃったな」

申し訳なさそうな顔を哲也さんはする。

「きっと、戻ってきますよ。亮は『9時までには戻る』って言っていましたから」

「すみません。お忙しい時に……」

「いえ、気にしないでください。家（ホーム）と思ってなんでも言ってください！」

私は笑顔でそう言ってキッチンへと戻った。

朝食の準備と加奈さんのことが心配で、すっかり亮のことを忘れていた。

登山口までお客を送った後、亮は哲也さんの用事でどこかへ行ってしまったのだ。

一応、亮にメッセージを打ってみたけど、既読もつかない。

【9時に戻れそう？】

「車、運転中だろうしなぁ」

亮の状況は私の方では把握出来なかった。

そんなことをしているうちに、倶知安行下り列車の到着時刻が迫ってくる。

パクパクと朝食を食べ終えた哲也さんは、宿泊費や食事、飲み物代を加奈さんの分まで含めて精算して、カウンターの前に座って食後のコーヒーを飲みながら、なん度も階段の上の方を見ていた。

9時3分発の列車で小樽方面へ行くお客さんが、次々にお会計を済ませてチェックアウトしていくのを玄関で見送った。

コテージ比羅夫に残っているお客さんは、哲也さんと加奈さんだけ。

どうしよう……加奈さんを呼びに行った方がいいかな？

私がそんなことを考えていた時だった。

バタンとドアが開く音がして、二階から降りてくる足音が聞こえてくる。

私はタタッと階段下に駆け寄った。

Vネックの楽そうな白いマキシワンピースを着て階段を降りてきた加奈さんは、少し顔をしかめながら右手を立てる。

「ごめんなさい、美月さん」

「いいえ、私は大丈夫ですけど……哲也さんが」

私は目線を逸らして、既に窓際で立ち上がっていた哲也さんを見つめる。

「おはよう、加奈。大丈夫？」

哲也さんは爽やかに聞いた。

「えぇ……ごめんなさい」

二人は玄関のところで向き合い、二人で少しだけ見つめ合った。

だけど、二人とも「あっ」と言いかけて詰まってしまう。

哲也さんは私に確認する。

「亮さん、戻っていませんよね？」

私は9時を指している時計を見ながら謝る。

「本当にすみません。帰ったら叱っておきますので……」

「いいえ、ムリを言ったのは僕で、亮さんは悪くありませんから」

「加奈さん！」

「そう……なんですか？」

哲也さんが亮に何を頼んだのか教えてくれないので、私にはどうしていいのか分からなかった。

「今回はどうもタイミングが合わないみたいだね」

フゥと大きなため息をついた哲也さんは、少し元気なく微笑んだ。

その時、長万部方面からカタンコトンと音が聞こえてくる。

「では、行ってきます、美月さん」

両手を揃えてお腹に置き、私はしっかりと頭を下げた。

「ありがとうございました。行ってらっしゃい、哲也さん」

哲也さんが玄関の扉を開いて待合室へ出ると、加奈さんが私を振り返る。

「おっ、送ってきます」

「うん、分かった」

両手を胸の上で合わせた私は心配しながら、ホームへ出る二人を見送った。

「大丈夫かな？　まさかこんな時に別れ話はしないと思うけど……」

この函館本線を走る列車は、始発の札幌行ニセコライナーを除いて全てワンマン運転なので、駅員のいない駅では車両の前扉から乗って前扉から下車する。

比羅夫の駅舎はホームの長万部寄りに建っているので、小樽方面へ行くお客さんは二十メートルほど右へ歩いたところにある、乗車口と書かれた場所で待つことになる。

先にチェックアウトしたお客さんが四人立っているところへ向かって、哲也さんが加奈さんの少し前を歩くような格好で歩いていった。

二人がホームを歩き出すと、銀の車体に緑のラインの入った一両編成の列車がゆっくりと比羅夫駅構内へ入って来る。

ホーム側の窓越しに目で追っていた私は、フッと哲也さんが座っていたカウンターに目をやった。

「あっ、スマホ！」

朝食の写真を撮った時に置いて忘れてしまったらしい。

きっと、加奈さんのことで、いろいろと考えていたからだろう。

私はカウンターにダッシュしてスマホを摑むと、玄関にあったサンダルに足を入れて待合室に出て、引き戸を開いてホームに飛び出した。

そのままホームを走って行く。

まだ、列車が入ってきたばかりで、運転士が扉の窓から顔を出して安全確認をしてから、プシュッとドアを開けたところだった。

運転士の吉田さんは、ホームを走って来る私を見つけて微笑む。

先に並んでいたお客さんが車内に入っていく中、哲也さんは車両を背にして立ち、加奈さんはその前に見つめ合うようにして立っていた。

二人に駆け寄った私が「スマホ——」と声を掛けようとした瞬間、哲也さんのセリフが聞こえた。

「もう、こういうのは……やめにしよう」

少し目を潤ませて加奈さんは「えっ……」と口ごもる。

そんなところに、私は突っ込んでしまった。

「お忘れですよ……」

鈍感な私でも、絶妙にまずい瞬間に飛び込んだことは分かった。

だが、列車を長く引き留めておくわけにはいかない。

なぜか清々（すがすが）しい顔になった哲也さんは、私に向かって長い右手を伸ばす。

「ありがとうございました、美月さん」

スマホを受け取った哲也さんは、ステップを蹴って車内に入りホームに向き直った。

泣き出しそうな顔を上げた加奈さんが、なんとか言葉を絞り出す。

「あの……私……なんて言えばいいのか……」

その曖昧な返事に、哲也さんは戸惑っているようだった。

だけど、一分もない停車時間はそこまでだった。

「美月ちゃん、いいかい？」

吉田さんだから少し気を利かせてくれたけど、もうこれ以上は止められない。

「ありがとうございました、もう大丈夫です。ねっ……加奈さん」

車体に近づき過ぎていた加奈さんの両肩を、両手で持って後ろへ優しく引く。

すっかり力が抜けてしまった加奈さんは、フラフラと後ろに下がる。

その瞬間、吉田さんが開閉ボタンを押して、ドアをガコンと閉めた。

素早く運転席に座った吉田さんが、白い手袋をした右手を前へ真っ直ぐに伸ばす。

「出発進行！」

T字形のマスコンと呼ばれるレバーを手前に引くと、車体からドドドッとディーゼル音が鳴って、隣り駅の倶知安へ向かって列車は走り出した。

出入り口のドアの窓を見上げると、顔を近づけた哲也さんが後ろへ流れていく加奈さんを目で追っていた。

列車に乗る寸前までは清々しい顔だったのに、なぜか難しい顔になっていた。

どういうことだろう？

その時、私は違和感を覚えていた。

まだ列車が見えているのに、加奈さんは振り返って私に抱きついた。

「美月さん！　私……私……やっぱり……」

私の肩に掛けられた両手にグッと力が入れられた。

「……加奈さん」

まさか乗る寸前に、別れ話をするなんて……。

そう思った私は、慰めるように加奈さんを両腕で抱きしめた。

すぐにウッウッと嗚咽のような声が聞こえ始め、私のポロシャツの胸元が濡れていくのが分かる。

そのまま加奈さんはホームに膝をついて崩れ落ちそうになった。

こんな場所で泣くのはあまりにも可哀そうに思った私は、両手に力を入れて支える。

「加奈さん、駅舎へ戻りましょ」

「はっ、はい……」

私は肩を貸すようにしながら加奈さんを支え、一歩一歩駅舎へ向かってホームを戻った。

たった二十メートル。いつもなら数秒で駆け抜けるホームが、今は数百メートルにも感じられるくらいだった。

加奈さんは何も話さず、ずっとうつむいたまま泣き続け、ヒックヒックと体を震わせながら片足を引きずるように歩いた。

でも、どうして哲也さんは……こんな時に言い出したんだろう？

もしかしたら本当に大病院の令嬢との縁談があって、古いドラマのように「身の回りをキレイにしておけ」とお父さんから言われたのかもしれないけど……。

一年も付き合ってきた彼女に対して、あまりにも酷いような気がした。

少し怒っていた私は、奥歯を噛みしめながら駅舎に戻ってきた。

その瞬間だった。駅舎の引き戸がバシンと勢いよく開く。

待合室からホームに飛び出してきたのは亮だった。

「あぁ〜間に合わなかったか〜〜!!」

列車が過ぎ去って行った小樽方面を、口惜しそうな顔で亮は背伸びして見つめる。

「哲也さんはもう行ったわよっ」

頬を少し膨らませながら亮を見上げる。

「どうしたんだ？　なにかあったのか？」

能天気な亮に説明するのは加奈さんに悪いと思い、ムスッとして二人で前を通り過ぎる。

そのまま待合室から玄関に入って、リビングに加奈さんを引き入れた。

そして、中央の大きなテーブルの前に座らせると、

「ちょっと待ってて」

と、キッチンに向かって走った。

大きめのマグカップを用意して、そこに冷蔵庫から出した無糖ヨーグルトと牛乳を半々ずつ入れて混ぜあわせ、電子レンジに入れて一分くらい温めた。

それを持ってリビングへ戻ると、加奈さんはテーブルに突っ伏して泣いている。

亮は駅舎前にいて、車からなにかを下ろしていた。

加奈さんの顔から少し離れた場所に、私はコトンとマグカップを置く。

「加奈さん、これでも飲んで」

起こした加奈さんの顔は、涙でぐしゃぐしゃに濡れていた。

「これは？」

取っ手を持った加奈さんが、湯気の上がる白い飲み物を不思議そうに見つめる。

「ホットヨーグルト」

「ホットヨーグルト？」

「私が落ち込んだ時には、いつも母さんが作ってくれたものなの」

笑顔で語りかけると、加奈さんはピンクの唇をそっとマグカップの縁につけて少しだけ飲んだ。

「……おいしい」

「でしょう。乳製品にはトリプトファンがたくさん含まれていて、それが脳をリラックスさせてくれるセロトニンってホルモンを作る栄養素なんだって」

加奈さんは、はにかむように笑う。

「ありがとうございます……美月さん」

「いえ、これは単なるコテージのサービスですから」

私は一生懸命に微笑みかけながら、加奈さんの背中をさするようにした。

加奈さんがホットヨーグルトを飲んで落ち着いてきたところで、私は口を尖らせる。

「なにも突然、あんなタイミングで別れ話なんてしなくっても……ねっ」

私は腕組みをして怒っていたが、加奈さんはそんなことはなかった。

「きっと、哲也さんも、しょうがなかったんですよ」

「それにしたって――」

そんな私の言葉を亮が遮る。

「そんなことは、ないんじゃないか？」

「どうしてよっ！」

怒ったまま振り返った玄関には亮がいて、両手で大量のヒマワリを抱えていた。

きっと、さっきから持っていたんだと思うけど、加奈さんのことに必死だった私は気がついていなかった。

「高砂さんは、昨日俺に『ヒマワリを九十九本探してきてくれませんか？』って、頼んだんだぜ」

亮は戸惑っている加奈さんを見ながら続ける。

「きっと、この花は加奈さんへ渡すものだったんだよな？　間に合わなかったけどさ……」

亮が少し申し訳なさそうな顔をする。

昨日ヒマワリを探してきてくれるように亮に頼んだ～？　朝から別れ話をするのに～？

訳が分からなくなってきた私は、加奈さんと顔を見合わせた。

「でも……『もう、こういうのは……やめにしよう』って……」

そう言って見上げる加奈さんに、ヒマワリを脇に置いた亮は腕を組む。

「それ……別に『別れよう』って意味じゃないんじゃないですか？」

プレイバックし始めた。

「そう……なんですか？」

　もしかしたら、私はとんでもない勘違いをしている⁉

　考え込み始める加奈さんを見ながら、私は昨日からの会話なんかを一気に思い出してプレイバックし始めた。

　よく考えてみたら一つ一つのセリフや態度に、さっきみたいな違和感があった。

　そして、最後にフッと亮の脇に置かれた大量のヒマワリに目をやる。

「そう言えば……ヒマワリの花言葉って本数によっても意味が変わるとか……」

　その瞬間、加奈さんが小さな声でつぶやく。

「九十九本なら……『永遠の愛』もしくは『ずっと一緒にいよう』です」

　その瞬間、私は全ての違和感が解けた。

「だから、今日は珍しくネクタイまで締めていたんですよ！　哲也さん」

　満面の笑みを浮かべて、加奈さんの両手を取って包み込む。

「良かったですね！　加奈さん」

　私は心臓をドキドキさせていたが、加奈さんはきょとんとしていた。

「なにが……ですか？」

「だって、プロポーズされたんですよ」

絵に描いたように、加奈さんの目が丸くなる。

「えっ⁉　プロポーズ⁉　いつ⁉　どこで⁉」

嬉しくなってきた私は、握った手を上下に動かす。

「さっきですよ～。ホームでされたじゃないですか」

そう言われても、加奈さんは自信なく首を左右に振った。

「芸能人のプロポーズの言葉で『もう、こういうのは……やめにしよう』なんて聞いたことありますか？」

「そんなのは聞いたこともありませんけどね」

私が笑顔で答えると、手を離した加奈さんは押し返すように迫ってくる。

「ですよね！　どう考えたって『付き合うのをやめよう』って意味じゃないですか！」

そこで、亮が腕を組みながらつぶやく。

「いや……こうやってデートの終わりに、離れ離れになるようなことを『やめたい』って意味で言ったんじゃないですか？　高砂さんは」

「離れ離れになるようなこと？」

聞き返す加奈さんに、亮は首を縦に振って応える。

「二人が結婚すれば、もう帰り際に離れなくていいですからね」

「そういう意味に考えられるかも……しれませんけど……」

加奈さんはうつむきながら、奥歯をかみ合わせるようにモゴモゴと口を動かす。

「私が哲也さんからプロポーズされるなんて……あり得ません」

テーブルの上に組んだ両手の親指を見つめた。

「どうして、そう思うんですか？」

「哲也さんはすごい家に生まれた人で、将来は大きな会社を継ぐことになる次期社長。それに対して私は……普通の家の子で、仕事も単なる事務員です」

「でも、そういう差があっても、結婚している人はいっぱいいますよ。だって、哲也さんのお父さんは、社員だったお母さんと結婚したんですよね？」

加奈さんは静かに首を横に振る。

「きっと、私のことは結婚するまでの相手なんです。結婚は話が持ち上がっている大病院の令嬢とするんだと思います」

亮は山のようにある、ヒマワリの花を見つめる。

「じゃあ、この花束は？」

「きっと、お別れのプレゼントなんだと思います」

加奈さんは寂しそうに言う。

「わざわざ九十九本のヒマワリを？」

「たぶん、哲也さんはそんな花言葉なんて知りません。昨日、ヒマワリの花言葉の話をした時も、まったく応えてくれませんでしたから……」

その時のことを思い出した私は、加奈さんが誤解していると思った。

「きっと、昨日、夕食の時にプロポーズするつもりだったんですよ、哲也さん」

加奈さんは「えっ」と振り向く。

「きっと、プロポーズのことで頭がいっぱいになって、加奈さんの話を聞いている余裕がなかっただけじゃないですか？」

よく考えてみたら、そういう気がしてきた。

そして、意を決してプロポーズしようとした瞬間に、加奈さんが私を誘ってしまい、そこからは私がいたせいで言えなくなってしまった。

もしかすると、部屋で待っていたかもしれないけど、加奈さんが酔っぱらって戻ってきて、すぐに寝てしまったので言えなかったのだろう。

朝も起きてきたのが出発ギリギリになってしまい、きっと仕方なく出発するホームでプロポーズすることになってしまったのだ。

そして、やっとの思いでプロポーズしたのにもかかわらず、加奈さんからは色よい返事がもらえなかったので、最後に難しい顔になっていたに違いない。

「でも……今回のデートは夜に会って、朝には別れる予定だったんですよ」

亮が加奈さんを見つめる。

「それは早くプロポーズしたかったから、無理して時間を作ったんじゃないですか？」

「そんな……ことは……」

加奈さんは私や亮の言うことを信じてくれず、落ち込んでいくばかりだった。

知らず知らずのうちに、言葉数が減っていく。

目の前で同じことが起きても、それぞれで思うことは違う。

私や亮にはプロポーズに見えたセリフも、加奈さんには別れの言葉に聞こえたのだ。

それはきっと自信がないからだ。

自分に自信を持てないと、いろいろなことをネガティブに考えてしまう。

その気持ちは分からなくもなかった。

ただ、こうして三人で話をしていても意味はない。

当事者である哲也さんが、既にいないのだから。

私が壁の時計を見上げると、9時25分を指していた。

さっきの列車は倶知安行で終点到着は9時11分。確か倶知安で小樽行の列車に乗り換える時間が、二十数分間あったはず……。

きっと、このことは、今、確かめなくちゃいけないことだ！

私は加奈さんの横の椅子に座って、真剣な目で言った。

「じゃあ、聞いてみませんか？」

「なっ、なにをです？」

「もちろん……『さっきのプロポーズだった？』って……」

そう言ったら、加奈さんはパッと顔を赤くした。

「そっ、そんな恥ずかしいこと聞けませんよっ」

「でも、もしあれがプロポーズだったら……どうします？」

「あれがプロポーズだったら？」

私はコクリと頷く。

「もしプロポーズだとしたら、返事がもらえなくて、きっと哲也さんは落ち込んでいますよ……倶知安のホームで」

「哲也さんが……落ち込んでいる」

加奈さんはそんなシーンを想像したようだった。

「だから、確かめてみましょう、加奈さん」

私は真剣な目で言った。

「でも、そうじゃなかったら……」

「そうじゃなくても、状況はこれ以上悪くなりませんよ、加奈さん」

「……」

加奈さんは黙って聞いていた。

「でも……もし、あれがプロポーズだったら……」

真っ直ぐに加奈さんの目を見つめながら私は続ける。

「一生後悔しますよ……。今、確かめなかったことを……」

それを聞いた加奈さんは、フッと息を吸い込んだ。

横に立っていた亮も、真剣な顔でしっかりと頷く。

両目を閉じて少し考えた加奈さんは、ゆっくりとワンピースのポケットに手を入れた。

ポケットからシャンパンゴールド色のスマホを取り出す。

「頑張ってください！　加奈さん」

私に出来るのは拳にした両手を胸の前で揃えて応援することだけだ。

意を決した加奈さんは、スマホで哲也さんの番号を探して押す。

そして、スマホを耳にあてることなく、スピーカーボタンを押してテーブルの真ん中に置いて大きな声をあげる。

「亮さんも美月さんも、一緒に聞いてください！」

「分かりました」

私は右側に、亮は加奈さんの左側に座って静かにうなずいた。

呼び出し音が三回くらい鳴った頃、ガチャリと電話がとられる。

《加奈、どうしたの？》

声を聞いているだけでも、哲也さんが落ち込んでいるのが伝わってきた。

すっと息を吸った加奈さんは、単刀直入に聞いた。

「さっきの……プロポーズと思っていいの？」

《うん……そうだよ。加奈は返事をくれなかったけどね……》

私達の顔を交互に見た加奈さんの瞳にジワッと涙が浮かび、加奈さんは右手で口元を覆った。

「ほっ……本当に……プロポーズだったの……ね」

《当たり前じゃないか。だから、プロポーズに合わせて、亮さんにわざわざ九十九本のヒマワリを探しに行ってもらったんだよ》

哲也さんはちゃんと花言葉の意味を知っていた。

私は加奈さんの背中に手を置き、「ほらね」と微笑みかけた。

加奈さんの目から堰を切ったように、涙がとめどもなく溢れ出す。

想いが胸を突いて、加奈さんはなにもしゃべれなくなってしまったようだった。

すると、哲也さんが少し苛立ったような感じで聞いた。

《それで……どうかな？》

「えっ……えぇ？」

泣き声で聞き返す。

《結婚してくれる？　加奈》

亮が反対側から背中に手を置いて微笑みかける。

もう一度、深呼吸のように、加奈さんはすぅっと息を思いきり吸った。

「**いいに決まっています。心から喜んでお受けいたします**」

《そっ、そっか～よかった～。断られたのかと思ったよ～》

哲也さんがすごくホッとしているのが、私達にも伝わって来る。

「ハッキリと言ってくれなかったからですよ、哲也さん」

《そっ、そうなの？》

「そうです！」

加奈さんは泣きながら少し怒っていて……そして、心の底から笑っていた。

《じゃあ、今度はもっとハッキリ言うようにするよ》

フッと笑う声がして、加奈さんも同じように笑って応える。

「プロポーズは人生一度しか、しちゃダメですよ」

哲也さんは「そんなことはない」とつぶやいてから、

《僕は何度でも、加奈にプロポーズするから……》

加奈さんは静かにうなずく。

「ありがとうございます……哲也さん」

そこで、私は口元に両手をつけて叫んだ。

「**婚約おめでとうございま――す!!**」

そして、心の底からの拍手を二人に贈った。

「じゃあ、お祝いだな」

知らない間にいなくなっていた亮は、キッチンのワインセラーからエンジェルフォールのナチュラルスパークリングを一本持ち出して、ワインクーラーに入れて持ってきた。

大きな手には四つのフルートグラスが吊られている。

サッと四つのフルートグラスをテーブルに置いた亮は、静かにスパークリングワインの栓を抜き、輝くシャンパンゴールドの液体を注いでいく。

もちろん、一つは哲也さんのためのグラス。

顔を見合わせた私達は、グラスを持ち上げ思いきり叫んだ。

『**かんぱ～～～い!!**』

フルートグラスの気持ちいい響きが、リビングにこだまする。

続くように亮と二人で叫ぶ。

『**お二人ともお幸せに～～～!!**』

グラスを持ち上げ、苦しくなる寸前まで喉に流し込む。

その時、喉を通り抜けていったスパークリングワインは、いつもの何倍ものおいしさだった。

比羅夫には、まだ9時58分発の列車も来ていなかった。

第三章　不機嫌なお客さん

加奈さんに哲也さんがプロポーズをした日から数日後。

いつものように私は、お客さんを迎えるべくあわただしい夕方を送っていた。

「ベッドメイクよしっ！　お風呂掃除よしっ！」

運転士のように指差し確認しながら、私はバタバタとリビングを歩く。

そんなことをしている間に、コテージ比羅夫のラッシュアワーがやってくる。

その前の列車は上下線とも昼過ぎなので、小樽からの17時3分、長万部からの18時5分、小樽からの18時38分のいずれかにお客さんは乗っている。

たまに車で来る人もいるけど、さすが駅舎にある宿に泊まろうとする人は、だいたい列車でやってきた。

今日もラッシュアワーの第一便、長万部行17時3分着の列車がやってくる。

静かに駅構内へ入ってきた列車は、ブレーキ音を鳴らさずに停車した。

カウンターに手をついて運転台を見たら、やっぱり若い大沼さんだった。

「お疲れ様で〜〜す」

ここからの声は届かないと思うけど、笑顔で手を振る。

すると、はにかむように微笑んでくれた。

列車の前扉が開いたら、トレッキングウェアに身を包んだお客さんが六人降りてくるのが見えた。

私は壁に貼られたカレンダーで予約者の名前を確認する。

「月ヶ岡さんが四人で、後ろの親子連れが増毛さんかな？」

増毛さん親子が下車したのを見た運転士が、後方を確認しながらドアを静かに閉める。

前を歩き出した男女二人ずつ合計四人の月ヶ岡さんのパーティは、だいたい六十歳前後の人達で昭和の登山ブーム世代な感じだった。

今日は小樽観光に行ってきたのか、四人で「駅に宿があるの⁉」「風呂も夕食もホームなんだ」と言い合いながらワーワーと盛り上がっていた。

そんな四人の向こうを、銀の気動車が、ドドドッとエンジン音をあげながら通り過ぎていく。

後ろに続く増毛さんは、お父さんの方はテクテクと歩いていたが、ピンクのアウターにスカートに見える黒いラップショーツをはく、とてもかわいいトレッキングコーデの娘さんは、駅舎を見上げながらダラダラと歩いていた。

口をパクパクさせてコテージ比羅夫の第一印象をしゃべっているような気がするけど、どう見ても「素敵ねぇ〜パパ」とは言ってない。

げんなりした顔で「ちゃんとＷｉ‐Ｆｉ飛んでいるんでしょうね？」と、立ち止まって振り返ったお父さんをガンガン責めているように見えた。

小学生くらいだと、コテージ比羅夫は「おもしろい！」と思うよりも先に「ボロい」が来ちゃうよねぇ〜。

親友木古内七海のように小学生の時からの生粋の鉄道ファンじゃなければ、駅舎に泊まれる宿というだけでは喜べないだろう。

「つと、ちゃんとお迎えしなきゃ！」

増毛さん親子の会話に耳を澄ましていたかったけど、月ヶ岡さんのパーティが待合室に入ってきていたので、私はカウンターから飛ぶようにして玄関へ移動する。

扉が開く寸前に、パンパンと服を整えてから笑顔を作った。

ドアが開くと、ワイワイとした雰囲気のまま月ヶ岡さんら四人が入って来る。

「いらっしゃいませ〜」

「こんにちは。今日はお世話になります」

月ヶ岡さんが笑いながら代表して言ったら、他の三人のお客さんも『こんにちは〜!!』

と声を揃えて挨拶する。

皆さん、明日の羊蹄山登山を予定しているらしく、背中には色とりどりのバックパックを背負っていた。

「お待ちしておりました、では、代表して月ヶ岡様。宿帳のご記入をお願いします」

「ほいほい。『サインしてくれ〜』ってやっちゃな」

関西弁で応えた月ヶ岡さんは、私の手渡した宿帳に慣れた手つきで書き始めた。

玄関に増毛さん親子がやってきたので、

「どうぞ、中でお待ちください」

と、リビングの椅子を勧める。

「ありがとうございます」

お父さんはすぐに入ってきたけど、娘さんは駅前を見に行ったらしくすぐには入って来なかった。

私は「富士(ふじ)」と書かれた四人部屋の鍵を、壁のキーラックから取り出して待った。

「はい、書けたでぇ〜」

そう言って笑った月ヶ岡さんの前に、部屋のキーを手のひらに載せて差し出す。

「二階の奥から二つ目の『富士』というお部屋でございます」

「ありがとう」

月ヶ岡さんが私の手から鍵を受け取った。

わずかながらだが、私も成長はしている。

一年前なら受付も亮に手伝ってもらっていたけど、今は一人でこなせるようになった。

階段のある一階奥を右手で指す。

「二階への階段はあちらです。夕食はホームにあるバーベキューテラスでご用意しておりますので、19時になりましたら一階まで降りてきてください」

『分かりました〜』

月ヶ岡さん達は四人で返事をして、階段をギシギシと上がっていく。

もちろん、その間は増毛さんを待たせてしまうことになる。

「大変お待たせ致しました！」

「いえ、一人で大変でしょうから……」

増毛さんは小さな声でつぶやきながら黒いホライズンハットを脱いだ。

そこへ娘さんが勢いよく飛び込んでくる。

「駅前にコンビニさえも、ないじゃない！」

増毛さんは少し困った顔をする。

「美桜……ちゃんと挨拶をしなさい」

ツインテールに結んだ髪を振り回しながら、美桜ちゃんがクルンと振り返る。

「こんにちは、美桜ちゃん。私はこのコテージ比羅夫のオーナーで、美月」

「あっ……こんにちは……美月さん」

少し戸惑っている美桜ちゃんの手をとって軽く握る。

「コンビニもない宿だけど、楽しく過ごせるように頑張るからね、私」

「あっ……はっ、はい……」

すまなそうな顔を下へ向けた。

増毛さんには強く言うけど、普段の美桜ちゃんは素直な子だと思った。

「では、増毛さん。宿帳へのご記入をお願い出来ますか？」

「あっ……はいはい」

開いた宿帳に、増毛さんはゆっくりと丁寧に書き出した。

その間に美桜ちゃんは靴を脱いで上がり、古い行先表示板や駅の看板、記念切符の入った額などの鉄道廃品や、今は走っていない青い車体の客車を牽く寝台列車の写真なんかを見て「へぇ～」と声を上げていた。

美桜ちゃんは黒いひざ下丈のサポートタイツと、ボーダー柄のソックスをはいていて、クシャッとした感じのカーキのオシャレなサファリテンガロンハットを被っている。ファッションサイトから抜け出してきたような「山ガール」的な出で立ち。

全て新品で、玄関に置いたトレッキングシューズまでピカピカに輝いている。

そんな美桜ちゃんに対して、増毛さんは黒いナイロンパーカーに黒いズボンといった地味な格好で、正反対といっていいような雰囲気の二人だった。

当然、バックパックも正反対で、美桜ちゃんのは輝くような派手なサーモンピンクに白いラインが入っているのに、増毛さんの物はかなり使い込んでいるグレー。

親子って、こんなに趣味が違うもんだっけ？

自分に子どもがいないのでピンと来なかったけど、母や父を想像してみたら「あぁ〜確かに全然違うなぁ」と納得してしまった。

私の母は「バブルの女王」みたいな人だから、なにかと派手な目立つ装いだし、父は父で「イタリア人か!?」と突っ込みたくなるような、ちょい悪ファッション。

そんな二人と、私の「機能美が好き」みたいなシンプルコーデは、確かに合わない。

ただ、母と父が並ぶと「まだバブルですか？」とピッタリと合うのだが……。

「これでよろしいでしょうか？」

増毛さんは私に書いたページを見せてくれる。

そこには几帳面に名前、住所、電話番号がキッチリ書き込まれていた。

履歴書で文字を見ただけで、面接官に「真面目だな～」と伝わりそうな感じだ。

「はい、ご丁寧にありがとうございました」

宿帳を受け取った私は、増毛さんに「さくら」と書かれた鍵を手渡す。

「増毛さんのお部屋は、二階の廊下の突き当たりですから」

「ありがとうございます」

増毛さんはどんなことにもお礼をいい、ちょこんと頭を下げた。

一本の鍵を受け取った増毛さんを見た美桜ちゃんが、ブスッと頬を膨らます。

「えっ？　一人部屋じゃないの⁉」

「こういう宿では、そういうわけにはいかないよ……美桜」

「えぇ～家でも一人で寝ているんだから、突然、二人でなんて寝られないよっ」

責められた増毛さんは弱った顔をする。

「そうは言ってもなぁ～」

オフシーズンなら二人部屋を一人で使ってもらうところだけど、あいにく夏休みは今日も含めて、ほぼ満室だからその願いを叶えるのは難しかった。

「私、もう六年生なんだよっ」

腰に両手の甲をあてながら上半身を前に倒して、「もう大人なんだから」という勢いで凄む美桜ちゃんを見ながら、増毛さんはアハアハとあいそ笑いをする。

「まだ小学生じゃないか、美桜」

「なに言ってんのよっ！　お父さん」

増毛さんの言葉尻にかぶせる勢いで、美桜ちゃんはピシャリと言い放った。

私は両手をあげて、助け船を出すことにする。

「まぁまぁ、美桜ちゃん。いつもは一緒に寝ていないんだったら、こういうところへ来た時こそ『非日常体験』ってことで！」

そんな私のヘンテコアイデアじゃ、美桜ちゃんは納得しなかった。

「お父さんと一緒に寝るのは『非日常体験』じゃないと思います」

大きく息を吸ってから、わざとらしく思いきりため息を「はぁぁ」とついてみせた。

「よしっ」

そう意気込んだ美桜ちゃんは、私と増毛さんの間を勢いよくすり抜けていく。

「美桜？」

増毛さんを振り向くこともなく、美桜ちゃんは右手を挙げて応える。

「じゃあ、私は部屋にいるから、お父さんはここにいて」

「あっ……あぁ……そうか」

「そうすれば、私一人で部屋が使えるでしょ」

そのまま階段に到達した美桜ちゃんは、ドスドスと階段を上がっていく。

リビングにはそんな娘を目で追う増毛さんだけが取り残された。

「あっ、あの……お荷物は、私がお部屋に入れてきますよ」

「お気遣いいただきありがとうございます。私が行けば機嫌がもっと悪くなりそうなので、お願い出来ますか？」

私は増毛さんからバックパックを受け取った。

山で何泊もする予定じゃないみたいで、バックパックはそんなに重くなかった。

私は窓際のカウンターテーブルを指差しつつ、右肩にバックパックを回して背負う。

「リビングで気楽にお過ごしください。後でお茶でもおいれしますから……」

「本当にありがとうございます」

しっかりと頭を下げた増毛さんは、小さなショルダーバッグだけを持って、ゆっくりとホームの見える窓際へ歩いて行った。

私は増毛さんのバックパックを背負ったままで階段を一気に上がる。

二階には狭い廊下が中央に通っていて、左右に三つずつ扉がある。小樽側は四人部屋、長万部側は二人部屋だった。

楽しそうな話し声の聞こえてくる「富士」の前を通り、廊下を突き当たりまで歩く。

突き当たりは線路側でリビングのカウンターの上にあって、大きな窓があり明るい。

その横にある「さくら」とヘッドマークの描かれた扉をノックする。

「美桜ちゃん〜。ちょっといいかな？」

「はい、いいですよ」

扉を引いて中へ入ると、美桜ちゃんは二段ベッドの上段から顔を出す。

「なんですか？　美月さん」

部屋には青い生地の張られた幅一メートル、長さ二メートルほどの大きな二段ベッドが壁際に沿うようにして一台設置されている。

だから、小学六年生の美桜ちゃんなら、手足を伸ばしても当たらないはず。

「お父さんのリュックを届けに来たの」

グルンと前に回してから、空いていた下段ベッドに置く。

「そんなのっ、自分で持ってくればいいのにっ」

髪を揺らしながら、美桜ちゃんはプイッと壁へ向かって寝転がった。

「美桜ちゃんのことを思って、気を遣ったみたいだよ」

「そういうのがいらないって言うのよっ」

美桜ちゃんは、さっきみたいにわざとらしい大きなため息を「はぁ」とついた。

丁度、難しい年頃なのかな？

自分に当てはめて考えてみたけど、私にはあまり母に反抗した思い出がない。

反抗期に入る前に父が蒸発してしまったことで、私は自分で「しっかりしなきゃスイッチ」を押してしまい、思春期に母に甘えることなく大きくなった気がする。

体をゴロゴロと左右に揺らした美桜ちゃんは、不思議そうにベッドサイドを手で触る。

「変な二段ベッド～」

「昔は『ブルートレイン』って呼ばれた寝台列車が北海道にも走っていたの。その列車が廃止される時に、ベッドのある列車があってきたんだって」

「へぇ～昔はベッドのある列車があったんだ～」

「そうだよ。起きたら窓から朝日が……なんてことがあったんだって」

「へぇ～それは楽しそう」

体を起こした美桜ちゃんは、無邪気に笑った。

「夕食はホームでバーベキューだから、19時になったら降りてきてね、美桜ちゃん」

「は～い。分かりました」

美桜ちゃんは素直に返事をした。

私に対して素直な美桜ちゃんは、きっとお父さんにだけ甘えているんだろうな。

強く言ったり、ワガママを言えるのは、許してもらえる自信があるからだもんね。

「じゃあ、後で」

廊下へ出た私は、扉をゆっくりと閉めた。


ラッシュアワーの三本の列車が全て比羅夫へやってくると、部屋は全部埋まった。

私はお客さんの受付の対応と、早く入りたいお客さんへのお風呂の案内に追われ、亮は今日もボリューム満点のバーベキューセットを次々にアルミプレートに盛り上げていた。

そんなことをしているうちに、夕食時刻の19時になった。

今日も十数人のお客さんがバーベキューテラスに集まって、どこにもないホームでの夕食を楽しんでくれる。

いつも通りと思っていたが、増毛さん親子のところだけ雰囲気が違っていた。

美桜ちゃんは19時半くらいになって、やっと部屋から出てきた。

増毛さんが「遅れて、すみません」と恐縮している横で、

「友達とのメッセが終わらないいんだから、しょうがないじゃん」

と、美桜ちゃんは口を尖らせていた。

「大丈夫ですよ、三十分くらい。すぐに始めますね」

うちの夕食はコース料理でもないし、旅館のようにドッとまとめて出るわけでもない。バーベキューだから、時間の調整はそんなに難しくないのだ。

きっと、ホームのバーベキューなら盛り上がるでしょ。

私はちょっと非日常体験な、ホームでの夕食に美桜ちゃんが盛り上がってくれるはずと思いながら、キッチンに残っていた食材の載ったアルミプレートを持って、一番ホームに近い場所で向かい合わせに座っていた二人のところへ運んだ。

だけど、美桜ちゃんの顔は、あまり楽しそうじゃない。

「なんでホーム？　てか、なんで外なの？」

「バーベキューなんだから、普通は外で食べるもんだろ？」

スマホをいじっていた美桜ちゃんに、増毛さんは困った笑い顔を向ける。

「焼肉屋さんって、普通店内でしょ？」

「気持ちいいじゃないか。こうして外で食べるのは……」

「そう？」

増毛さんは笑いかけたが、美桜ちゃんの表情は硬いままだった。

そんなところへ私はアルミプレートを持って突っ込む。

「お待たせしました〜。コテージ比羅夫の自慢のバーベキューセットで〜す!!」

うちの夕食はボリューム満点。

もちろん、一人分は子ども用として量を減らしているはずだが、それでも十分に盛られていた。

これは、コテージ比羅夫を作った徹三じいちゃんの「うちのお客さんは遠くから来てくれるんだから、おいしいものを出さないといかん」って精神からで、常に季節のおいしいものをたくさん出そうと、亮は頑張っているのだ。

「おぉ〜ネットで見た噂通りのボリュームですねぇ」

増毛さんはスマホのカメラで食材の山をパシャッと撮った。

「こんなに食べられないよ〜私」

美桜ちゃんはげんなりした顔でつぶやく。

「まぁまぁ食べてみて！　比羅夫の食材は、なんでもおいしいから」

子どもっぽく人差し指を立てて、私は美桜ちゃんに笑いかける。

「美月さんが……言うのなら……」

スマホをポケットにしまった美桜ちゃんは、増毛さんがコンロで焼き始めた食材をじっと見つめだした。

「なにか飲まれますか？」

「えっと……」

美桜ちゃんが答えようとすると、トングで食材を掴みながら増毛さんが答える。

「オレンジジュースだな、美桜は」

「オレンジジュースですね」

私が聞き返すと、美桜ちゃんは再び不機嫌になる。

「相談しないで勝手に決めないでよ」

「だって、美桜は好きだろ？　甘いオレンジジュース」

ムスッとした顔で美桜ちゃんは、私を下から見上げる。

「他になにがありますか？」

「ソフトドリンクはウーロン茶、コーラ、サイダーとジンジャーエールがあります」

「ジンジャーエール？」

小学校では聞き慣れないのか、美桜ちゃんが聞き返す。

「ジンジャー、つまり生姜を入れた炭酸飲料をカラメルで着色してあるの。うちのはアルコールを割るため用だから、辛口の方なんだけど」

そんな説明を聞いた美桜ちゃんは、目を輝かせる。

「じゃあ、そのジンジャーエールください！」

「おいおい……大丈夫か？　美桜」

増毛さんの心配など、美桜ちゃんはものともしない。

「大丈夫。それください」

増毛さんに目配せをすると、アハハと笑いながら頭を下げる。

「すみません。じゃあ、それでお願いします。私はビールで……」

「分かりました。ジンジャーエールとビールですね」

注文を聞いた私は倉庫にある冷蔵庫から、緑がかったジンジャーエールの瓶と缶ビールを一本ずつ取り出して、グラスを一つ持ってすぐに二人のところへ戻る。

増毛さんには缶ビールのまま渡して、ジンジャーエールはポケットから出した栓抜きで、スポンと王冠を抜いてから、美桜ちゃんのグラスに注いであげる。

グラスに琥珀色(こはくいろ)の液体が注がれると、すぐに湧き出すような小さな気泡が生まれては水面を目指してのぼっていく。

目を丸くした美桜ちゃんは「うわぁ」と盛り上がる。

その気持ちは私にも少し分かる。

透明のサイダーや茶褐色のコーラだと同じように感じないが、濃いシャンパンのような色のジンジャーエールだと、なんだか少し大人になったような気がする。

八分目まで入れた私は、持っていた瓶をグラスの横へ並べて置く。

「こちらがジンジャーエールです」

「ありがとうございます、美月さん」

そんな美桜ちゃんを見ながら、タブをプシュッと引いた増毛さんが缶ビールを持った右手を前に出す。

「乾杯、美桜」

少し機嫌を直していた美桜ちゃんは、両手でグラスを持って缶ビールにあてる。

「乾杯……お父さん」

触れるか触れないかという二人の乾杯からは、小さな音が響く。

美桜ちゃんはグラスに小さなピンクの唇をつけてゴクリと飲む。

辛口ジンジャーエールだけど、大丈夫かな？

少し心配だったけど、美桜ちゃんは満足そうな笑みを浮かべる。

「おいしい～ジンジャーエール」

「それはよかったです」

「へぇ～美桜がジンジャーエールを飲めるなんて思わなかったなぁ」

目をパチパチさせて増毛さんは、手で頭の後ろをさすった。

「いつまでも同じじゃないよ、私はっ」


美桜ちゃんは小さな胸をグッと前に出して張った。

「そっ、そっか……」

増毛さんは、困りつつもニコッとした。

そんなシーンを見ながら、心の中で私はホッとしていた。

最初からいいムードではなかった二人だけど、せめてコテージ比羅夫にいるうちは、いろんなことを忘れて仲良くしてもらいたいと、オーナーとしては思っているからだ。

「では、ごゆっくりお楽しみください」

私が下がろうとすると、増毛さんはまた頭を丁寧に下げた。

「ありがとうございます」

そんな増毛さんの姿を美桜ちゃんは、口を結んで見ているような……気がした。

コテージ比羅夫の夕食時間で忙しいのは19時から20時までで、20時半頃になるとシメの焼きおにぎりも食べて、皆さん、部屋へ戻ったりお風呂に入ったりする。

数日前に開いたスナック比羅夫では、加奈さんは0時を回るまで飲んでいたけど、あんなことは珍しい。

特に羊蹄山に登る人達は朝が早いので、早く夕飯を食べてお風呂に入り、早めに寝てしまうことが多い。

今日もいつまでも飲んでいるお客さんはおらず、21時には増毛さん親子だけになっていた。

私は二人から少し離れて、他のお客さんの皿やグラスを片付けていた。

今日も無事に終わった……。

私が気分よくテーブルをアルコールで拭いていた時だった。

「**絶対に嫌よっ！**」

そう叫ぶ美桜ちゃんの声が誰もいないホームに響く。

私が振り向くと、美桜ちゃんは訴えるような目でこっちを見ていた。

少し顔を赤くしている美桜ちゃんは、人差し指を伸ばして増毛さんの顔を差す。

「お父さん『一緒にお風呂に入ろう』とか言うんですよっ」

「えっ、えぇ？　あっ、あぁ～まぁ～そうねぇ」

私が曖昧な返事をしたのは、それについては各家庭でローカルルールがあるから。コテージ比羅夫でも家族は一緒に入っていいことにしているけど、こうしてオーナーになってみると、それぞれの家で一緒に入る年齢はかなり違う。

小学校低学年でも「もう一緒には入らない」って子もいれば、中学生くらいでも「それがどうしたんですか？」という子もいる。

なんとなく……線引きは小学校四年生から六年生辺りにありそうな気がするけど、こればかりは明確な規定はなく、どう言っていいのか分からない。

「この前まで一緒に入っていたじゃないか」

「この前って……どのくらい前よっ？」

「えっ～と……」

とつぶやいたまま上を向いた増毛さんは、そのまま考え込んでしまった。

「忘れるくらい前でしょ!?」

「しばらく仕事が忙しかったからなぁ」

増毛さんはすまなそうな顔をする。

「だからっ、私はいつまでも同じじゃないんだって！」

美桜ちゃんは念を押すように言ってから続ける。

「お父さんと入るくらいなら、もう今日はお風呂に入らなくていい！」

「そっ、そっか……でも～昼間に汗もかいただろうし、明日の登山を考えたら、ちゃんとお風呂で疲労を回復しておかないと……」

増毛さんが困っているようなので提案することにした。

二人に近寄った私は、ニコリと笑って自分を指差す。

「じゃあ、私と入る？　美桜ちゃん」

「美月さんと？」

一瞬戸惑った美桜ちゃんは、チラリと増毛さんを見る。

「いやいやいや、そこまでご迷惑をおかけするわけにはいかないですよ～」

すごく恐縮した顔で、増毛さんは手を左右に振った。

私は増毛さんに微笑む。

「大丈夫ですよ。一人より二人で入る方が楽しいですから」

「いや～、でも～」

そんな増毛さんの言葉に耳を貸すこともなく、美桜ちゃんは素早く立ち上がり、私の右腕を両手でギュッと摑んだ。

「私、美月さんと入る！」

「じゃあ、そうしよっか」

並んで立った私達は、増毛さんを見つめる。

「いいですか？　美桜ちゃんとは私が入らせてもらっても」

「えっ、えぇ……ご迷惑でなければ……」

両手を離して「ワーイ」と喜んだ美桜ちゃんは、ホームをダッシュして玄関へ向かう。

「着替え取って来る～」

「部屋に置いてあるタオルを持ってきてね～」

「分かりました～」

そのまま待合室へ消えて行った。

美桜ちゃんを見送った増毛さんは、フッと小さなため息をつきながら、缶に残っていたビールを一気に喉へと流し込んだ。

「私の言うことは、なにも聞いてくれなくなってしまいました」

そのセリフは、とても寂しそうだった。

「あぁいう時もありますよ。女の子は特に……」

「美月さんもそうでしたか？」

増毛さんは期待する目で私を見上げたが、

「反抗したい時には両親は離婚していて……。父はいなかったので……」

と、特殊事例を伝えることしか出来なかった。

「そうですか……」

増毛さんは何とも言えない、あいまいな笑みを浮かべた。

「それでは、美桜ちゃんとお風呂に行ってきますね」

私がホームを歩きだすと、増毛さんは急いで立ち上がって上半身をしっかり折る。

「あっ、あぁ。よろしくお願いいたします」

私は場を和ませようとして、右腕をL字に折って力こぶを見せながら微笑む。

「**はい！　まごころ込めて！**」

だが、私渾身の決め台詞（ぜりふ）は増毛さんには伝わらず、

「はっ……はぁ」

と、戸惑わせるだけだった。

リビングを通ってキッチンに戻り、亮に今の顚末を伝える。

「了解、後はこっちでやっておく。キッチンの仕事はだいたい終わっているから」

亮はそう言って玄関へと歩いて行った。

オーナー室へ行って、私も着替えとタオルをとってからリビングへと戻った。

既に美桜ちゃんは来ていて、ピンクのジャージ姿で椅子に座ってスマホを触っていた。

「美月さん、行こう！」

私のところへ来て手を繋いだ美桜ちゃんは周囲を見回す。

「そう言えば〜お風呂ってどこにあるの？」

私は外灯が照らす窓の外のホームを指差す。

「お風呂もホームにあるのよ。この宿では……」

「ホッ、ホームにお風呂⁉」

美桜ちゃんは、私が初めて来た時と同じ反応をした。

ホームにお風呂というと、女子はバーベキューよりも盛り上がる。

「駅員さんも駅舎じゃお風呂に入らないから、元々はなかったんだって。だからホームに小屋を別に建てて、そこにお風呂を作ったの。私のおじいちゃんが」

私は自分を指差す。

「すごいねっ、美月さんのおじいちゃん」

「そう、割合すごいの、徹三じいちゃんて……」

玄関でコテージ比羅夫のサンダルを履き、パタパタと音を鳴らしてホームを二人で歩く。

一瞬、振り向いてみたら、バーベキューテラスで亮が椅子に座って増毛さんと話しているように見えた。

涼しい夜の空気の中を二十歩ほど歩いた先に、手作りのログハウスがある。

一本の外灯に照らされる琥珀色の壁の小屋で、ボイラーからのびた煙突が、急斜面の屋根の途中から突き出している。

「うわぁ〜山小屋だぁ」

やっぱり駅舎よりもログハウスの方が、女子のテンションが上がる。

「ねぇ〜変わった宿でしょう」

「こういうのが『非日常体験』よっ。なのに……お父さんは……」

私は木で作られた丈夫そうな扉を開きながら微笑む。

「でも、ここを探して予約してくれたのは……」

「そりゃ〜お父さんだけど……」

二人とも脱衣所に入ったら扉をドスンと閉める。

基本は一人用だから少し狭いけど、子どもとだったらなんとかなりそうだった。

「『旅行の手配をする』って愛だよ〜美桜ちゃん」

「あっ、愛〜〜!?」

美桜ちゃんは顔を赤くした。

私は服を脱ぎながら話を続ける。

「まだやったことないと思うけど。列車とかホテルの予約をするのって大変なんだよ。ホテルなら一日、列車なら一時間でも間違っていたら、大変なことになっちゃうんだから」

美桜ちゃんもピンクのジャージを脱いで、置いてあった籐のカゴに入れる。

「それは……そうかもしれないけど」

「だから、そういう面倒で大変なことをやるのは『その人と行く旅行を、とっても楽しみにしている』ってことで、それは愛してなきゃ出来ないよ～」

「もっ、もうそれはいいです！」

顔を真っ赤にした美桜ちゃんは素早く服を脱いで、中央にハート形の明かり取り穴のある風呂場の扉を手前に引く。

中からふわっと白い湯気が出てきて、収まってくると室内が見えてくる。

「うわぁ～丸太をくり抜いたお風呂だっ!!　こんなのゲームの中でしか見たことないよ」

美桜ちゃんが大きな瞳を更に大きくして驚いた。

今日も室内にはヒノキのいい香りが漂っている。

お客さん全員が絶賛してくれる、本当に素晴らしいお風呂だ。

二人で「ゆ」と書かれたのれんを潜り、四畳半ほどの浴室の半分を占める小型カヌーのような浴槽の横に立つ。私は木の手桶で美桜ちゃんに掛け湯をしてあげる。

大きい浴槽だけど、二人で入ったらお湯が溢れてもったいない。

「お先にどうぞ」

「いいの？」

首を傾げる美桜ちゃんに、私は微笑む。

「私は毎日このお風呂だから」

「そっか～。いいなぁ～美月さん。うちもこういうお風呂がいい～」

そう言いながら、縁をまたいでゆっくりと浴槽に足を滑らせる。

座って寝そべるようにすると、お湯が少しだけザザッと縁から溢れてきた。

「気持ちいい～～～!!」

縁を両手で掴みながら、目いっぱい足を伸ばして入った美桜ちゃんは、そんな声をあげた。

私は洗い場の方の椅子に座り、シャワーを出して頭を洗い始める。

「ありがとう。きっと徹三じいちゃんが聞いていたら喜ぶよ」

「あれ？　美月さんのおじいちゃん、死んじゃったの？」

「一年半くらい前にね。だから、私はおじいちゃんが作ったこのコテージを継いで、オーナーになったのよ」

「へぇ～そうだったんだぁ～」

丸太をくり抜いた浴槽の背もたれは、なだらかな坂のようになっていた。

しっかり磨かれてツルツルになった表面に体を預けると、寝湯のような体勢になる。

美桜ちゃんも口が浸かりそうになるくらいまで、体をお湯の中へ沈める。

「だから夫婦二人で、コテージをやっているのね」

聞き慣れないことを美桜ちゃんが言うから、私は思わずシャンプーの泡を周囲にぶちまけながら振り返ってしまった。

「ふっ、夫婦!?」

「あれ？　そうじゃないの。格好いいコックさんとすれ違ったけど……」

私は少し吹き出しながら「あぁ～」とつぶやく。

「あれはコテージを手伝ってくれている、亮」

「彼氏さんなの？」

最近の小学生はズバズバ聞いてくる。

「そんなことはないよ。単にオーナーと従業員という関係……」

自分で言いながら、頭の隅で「どういう関係なんだろう？」と少し自問した。

するると、美桜ちゃんは両手を天井へ向けて伸ばす。

「いいな〜美月さん。こんな気持ちよさそうな駅で、格好いい男の人と二人きりで暮らせるなんて〜。きっと毎日が楽しいんだろうなぁ」

私が能天気だから、周囲からは比羅夫での暮らしが楽しそうに見えるのだろうか？

「そっ、そんなことないよ」

「例えば？」

美桜ちゃんが顔を湯船の縁にのせて、ニタニタ笑いながら私を見た。

このパターンは木古内七海にもやられたような気がする。

とはいえ……「例えば〜」と言ったっきり、たいしたことは思い浮かばない。

亮がいない時に夕食の食材が業者さんから届かなくて、一瞬「サラダしか出せない宿になる!?」と焦ったが、ジビエ料理をしてくれる林原晃さんを紹介してもらったことで、コテージ比羅夫に、新たな夕食のラインナップが増えた。

一年もやっていれば小さな事件はいろいろとあったけど、どれも「自分のせい」だ。

だから、ブラック居酒屋チェーンに勤めていた時のように「上司がなにもしてくれない」「本社はなに考えてんだ!?」「給料と休み、少なっ」とか、毎日愚痴っていた悩みがなくなってしまったのだ。

美桜ちゃんは顔を横にして、浴槽の縁に頰をつける。

「ステージ比羅夫の子に、なれないかなぁ～」

遠くを見るような目で、美桜ちゃんは元気なくつぶやいた。

「……美桜ちゃん」

美桜ちゃんは顔を起こして私を見る。

「うち……少し前に両親が、離婚したの」

そういう話を聞けば、普通の人は「かわいそう」に思うかもしれないけど、私は離婚に関してはアハッて笑いながら明るく応える。

「なぁ～んだ、離婚か」

「なぁ～んだって!?」

たぶん初めて受けたのだろうリアクションに、美桜ちゃんは口を大きく開いた。

私は顔を下へ向けて頭の泡をシャワーで流し出す。

「だって、私も美桜ちゃんくらいの時に両親が離婚したからねぇ～」

「えっ!?　美月さんも!?」

コンディショナーを手に取り、髪に塗り込んでいく。

「今や三組に一組が離婚する時代だからね。そんなに気にしなくてもいいんじゃない？

お父さんはずっといなかったけど、あんまり困らなかったよ」

フフッと笑いながら、私はコンディショナーを流すために再びシャワーのお湯を頭にかけた。

「でも～参観日とか……運動会とか……」

「小学校でも高学年になったら、両親がいる家庭の人でも誰も来ないことも多いよ。まして や中学、高校になったら……。両親と行くのは『入学式』と『卒業式』くらいだよ」

「そう……なんだ」

髪を流し終えた私は、タオルにボディソープをのせて泡を作っていく。

「最初から『ないものはない』って諦めちゃえばいいんだよ」

「ないものはない？」

赤い顔を傾げる。

「中にはご両親が亡くなっている友達もいるからね。そういう友達と『自分も同じだ』って思ってしまえば、別に気にすることもないよね」

「……そっか」

「だって、死んじゃっているんだから、学校に呼びようがないんだし」

私はタオルに盛られた泡で、体をゴシゴシと強めに洗いながら続ける。

「うちはお父さんが、母さんじゃない人を好きになっちゃってね。ある日突然出て行って……再会したのは、ほんの数か月前だったから」

美桜ちゃんは「ふぅ」と小さなため息をつく。

「そっか～美月さん家はお父さんの方かぁ。うちはお母さんの方が出て行っちゃって……」

体をタオルでこすりながら「そっか～」とうなずく。

「お母さんは美桜ちゃんに似て、とっても美人さんなんだね」

美桜ちゃんは「えっ⁉」と、スポットライトが当たったように顔をオレンジ色に輝かせた。

「わっ、私は違うけど……」

グッと首をあげて、美桜ちゃんは自信満々の笑顔を見せる。

「お母さんはとってもキレイだよ！」

「だよねぇ～」

体を洗い終わった私は、体についた泡をシャワーで流した。

「でも……どうして分かったの？」

私は美桜ちゃんを見つめて微笑む。

「美桜ちゃんを見て、想像したのよ」

「そっか～」

美桜ちゃんは少し嬉しそうだった。

「美桜ちゃん、湯船から上がって。頭、洗ってあげるから」

「やった！」

美桜ちゃんはザバァと勢いよく立ち上がり、浴槽をまたいで私の前に来た。

私の前に洗った椅子を一つ置いて、美桜ちゃんを前向きに座らせる。

天井に吊られたカンテラ型ランプからの緩やかな光が、美桜ちゃんの長い黒髪に当たってクッキリときれいな天使の輪を浮かび上がらせた。

「目を閉じていてねぇ～」

私は背中側からシャワーのお湯をかけ、濡らし終わったらシャンプーをのせて泡を作る。

「美月さん、シャンプーうま～ぃ」

「高校生の時、美容室でアルバイトしていたからね。あの時は一日中、お客さんの頭をシャンプーしまくっていたよ。どこか痒(かゆ)いところはありませんか？」

「はい、大丈夫です」

シャンプーを流し終わってコンディショナーを髪に塗り込み始めると、美桜ちゃんがボンヤリとつぶやく。

「どうして、あんなお父さんと結婚したんだろう？」

「美桜ちゃんは、お父さんが嫌いなの？」

「嫌い～とかそういうんじゃなくってね……」

私はコンディショナーを塗りながら頷く。

「お父さんの作ってくれる料理は、だいたい茶色だしっ」

「うちは母さんだったから、それはなかったけど。あるよね、男子料理って『茶色ばっか』ってやつ……」

思い出すようにしながら、美桜ちゃんが前を向いたまま教えてくれる。

「朝食を作る時間なくて、机の上にお金が置いてあるだけとかっ」

「それはうちもあった！」

「本当に？」

美桜ちゃんが嬉しそうな顔で振り返る。

「母さんはよく『接待はトコトン付き合わないとね』とか言っていてね。朝日が昇る寸前くらいに家に戻ってきて、テーブルの上によく『朝、昼代』ってお金置いてあったなぁ」

「お母さんがいた時にはなかったことが、お父さんだけだといろいろと起きるのっ」

強い口調で美桜ちゃんは言うけど、その顔は暗くはなかった。

「本当にダメなお父さんで……、頑張ってはいるんだけど……」

と続ける美桜ちゃんは、突然真剣な顔になった。

「でも、お父さんは、なにも話してくれない」

「なにも話してくれない？」

頷いた頭にシャワーをあてて、コンディショナーを流していく。

「お母さんに好きな人が出来て出ていったこと、ひと言も私には話してくれない!!　私だって分かってるのに!!」

「きっと、心配させたくないんじゃない？」

コンディショナーを流し終えた髪を左右に振る。

「そうじゃないと思う」

私は美桜ちゃんのタオルにボディシャンプーを出して泡を作る。

「じゃあ〜どうして？」

真剣な目のままで、美桜ちゃんは吐き出すようにつぶやく。

「いつまでも子ども扱いしてるのよ、私を……」

美桜ちゃんの小さな背中を、ゆっくりと洗いながらフッと笑ってしまう。

「……親だからね」

「親だから？」

「私、二十歳を超えたのに、いまだに母さんは『だからあなたは、いつまで経っても半人前なのよ』って子ども扱いするよ」

「じゃあ、私もずっと子ども扱いのままなのかな？」

「それが『親』だからね……」

私が笑うと、美桜ちゃんは考え込みつつ言った。

「後は自分で洗います」

「では、よろしくお願いいたします」

仰々しく言った私は立ち上がり、シャワーを浴びてから浴槽に入った。

「ちゃんと話して欲しいのに……」

「お父さんに？」

少し寂しい顔で美桜ちゃんが頷く。

「今、どういうことが大変なのか、なにか私に手伝えることはないのか……。それに離婚の理由をなんど度聞いても『父さんが悪かったんだ』って言うのも嫌で……」

そこで一拍おいてから、美桜ちゃんは静かに言った。

「本当の理由を、私にもちゃんと教えて欲しい……」

「……美桜ちゃん」

真剣な眼差し(まなざし)を私へ向ける。

「子どもなのは分かっているけど、ほんとのことを話してほしい……家族だから」

その心からの叫びは、私にはなんとなく分かった。

私も父の蒸発後の話については母から何も聞かされることがなく、それを知ったのは再会したつい最近。

母も私をいつまでも子ども扱いして「そんなことを耳に入れたら嫌な思いをさせるだろう」と思って、黙っていたんだと思う。

母の気遣いは分かるのだが、今となったら私も「話してほしかった」気がする。

なんの役にも立たないのは、きっと美桜ちゃんと同じだったと思うけど、それでもたった二人の家族なんだから、なんでも話をして欲しかったのだ。

そう思った私は、美桜ちゃんの背中を押してみることにした。

「じゃあ、明日羊蹄山に登る時に、お父さんに言ってみたら？」

「登山の最中に？」

体を洗い終わってシャワーで白い泡を流す美桜ちゃんに、私はうなずいた。

「家だと聞いてくれないことも、気持ちいい登山の最中なら聞いてくれるかもよ」

「そっか……登山は非日常体験だもんね。いつもとは気持ちが違うかな？　お父さん」

「そうそう、マイナスイオン満点の羊蹄山に登ることで心が落ち着いて、今までのことについては反省して、少しは分かってくれるかもよ」

「じゃあ、明日言ってみようかな～」

美桜ちゃんがシャワーのレバーを押して止めたところで、私は浴槽から立ち上がる。

「私、先に上がっているね。美桜ちゃんは最後に温まってから上がってきて」

美桜ちゃんは「は～い」と返事をして、私と入れ替わって浴槽に入った。

私が着替え終わった頃に美桜ちゃんがやってきたので、髪の水気をバスタオルで取ってあげた。

扉を開いて風呂小屋から出たら、私は真っ直ぐに真上を指差す。

「ほらっ、宇宙（そら）がキレイだよ～」

ゆっくりと見上げる美桜ちゃんの目が、だんだんと大きく見開かれていく。

「うっ、わぁぁ～。星ってこんなに見えるもんなんだぁ～」

子どもっぽい表情で見上げた瞳には、宇宙に輝く星が映り込んだ。

頭上には漆黒の空が広がり、そこには東京で見るプラネタリウムよりも多くの星々が白く輝いていて、正に満天の星が広がっていた。

「美桜ちゃんの家のある札幌からは、あまり見えないと思うけど。比羅夫は周囲に光が少ないこともあって、晴れていれば本当によく星が見えるのよ」

「まるで……山の向こうに星を並べたスクリーンがあるみたい」

比羅夫では東の山の向こうから、次々に星が上がってくるのが見えるのだ。

「そうだよね。私も初めて見た時、そう思った」

顔を見合わせた私達は、星空の下で微笑みあった。

暗さに目が慣れてきたらしい美桜ちゃんは、夜空を見上げながら戸惑うように言う。

「あれ？　空の真ん中が……白く見えちゃう。雲が出ているのかな？」

夜空には北から南へ向かって、薄く白い帯が細く続いていた。

「あれは雲じゃないよ、美桜ちゃん」

「雲じゃないの？」

美桜ちゃんがクシュクシュと目をこする。

「あれが……『天の川』なのよ」

たぶん初めて見たんだろう、美桜ちゃんは感動して大声をあげる。

「えっ!?　これが天の川なんだ――!!」

天の川は漆黒の空に流れている白い雲のように見えるが、誰かに教えてもらわないと最初はよく分からない。

「私も初めて見た時は、歳で目が霞(かす)んでいるのかと思ったよ」

そう言うと、美桜ちゃんは楽しそうに笑った。

「あそこにはたくさんの星が集まっているから、川みたいに見えるのよ」

「へぇ〜『天の川』って星で出来ているんだ」

私は身振り手振りを入れながら美桜ちゃんに説明する。

「地球のある『太陽系』って、『銀河系』の中の端の方にあるんだって。その端から銀河系の中心方向を見ると……『白い雲のように』見えるみたい」

「すごい！　美月さん、星にも詳しいなんて」

私は残念ながら、首を左右に振るしかない。

「これはすべて亮に教えてもらったこと。私が知っている星の知識はこれで終わりなの。これ以上は残念ながら、一ウンチクたりとも出てこないから〜」

暗闇で宇宙を見上げていると、周囲の景色も少しずつ見えるようになる。

これは「星明かり」と言って、星の光だけで照らされているのだ。

私はそんな夜空を見上げながら、自分の経験を美桜ちゃんに話してあげる。

「さっきの話なんだけど……」

「さっきの話？」

「料理が茶色ばっかりになったり、朝食がなかったり……って話」

お父さんのことを思い出した美桜ちゃんは「あぁ～」と少しテンションが下がる。

「私も最初は『朝ご飯を作ってくれない』とか母さんに文句ばっかり言っていたんだけど、ある日から『そうだ、自分でやればいいんじゃないの？』って思ってね」

「自分でやる？」

首を傾げる美桜ちゃんに、私は「そうそう」と頷き返す。

「まだ出来ないことは多いと思うけど、茶色じゃない料理の作り方を覚えてみたり、簡単な朝食なら自分で作ってみたり」

美桜ちゃんは真面目な顔で考え出す。

「自分でやってみる……ってことね」

「なにも最初から完璧じゃなくていいし、やれそうなことからでいいのよ。朝食だって自分の好きなものだと、朝からテンション上がるよ」

それには美桜ちゃんが食いついた。

「いいねっ！　確かにそれはそうかも」

私はニヒヒと美桜ちゃんに笑いかける。

「それに！　料理が出来る女の子は、きっとモテるよ～」

「そっ、そっかな⁉」

目を大きく見開いた美桜ちゃんは、当然の質問をしてくる。

「じゃあ、美月さんもモテた⁉」

そうだったら……きっと、比羅夫に来ない人生だったろう。

頭の横を人差し指でかきながら、私はフッと笑う。

「残念ながら掃除、洗濯は母さんよりも上手くなったんだけど～」

「だけど～？」

「料理だけは、今でもあんまり上手じゃないのよねぇ～」

「じゃあ、モテなかったんだ」

小悪魔みたいに笑う美桜ちゃんに、一応、小さな見栄だけは張っておく。

「そっ、そんなことないけどっ」

目を合わせた私達は、夜空を見上げながらアッハハと声をあげた。

ここへ来た時よりも美桜ちゃんが笑顔を見せてくれるようになったので、それが素直に嬉しかった。

夜空を堪能した私達は、もう列車の来ないホームを歩いてリビングへ戻る。

リビングでは増毛さんが椅子に座って待っててくれていた。

その瞬間、すっと美桜ちゃんの顔が暗くなる。

「すみません。美桜がご迷惑をおかけして。さぁ、部屋へ戻ろう」

増毛さんが伸ばした右手から逃げて、美桜ちゃんは私の後ろに隠れた。

「私、美月さんと寝る！」

口を尖らせながら言って、私の服を後ろからギュッと掴む。

こういう時は無理しない方がいいかな。

そんなことを思った私は、増毛さんに微笑みかける。

「あの～もしよろしかったらですが、今晩は私の部屋で美桜ちゃんを預からせていただけませんか？」

「そっ、それは……」

増毛さんは少し困ったような顔をしたが、美桜ちゃんが私の後ろから出ようとしなかったので、すぐに諦めたようだった。

増毛さんは丁寧に腰を折って、しっかりと頭を下げる。

「ご迷惑ばかりかけて、本当にすみません」

私は手を振りながら微笑む。

「いえいえ、これは単なるコテージのサービスですから！　気にしないでください」

「本当にありがとうございます」

「明日の登山には間に合うように、ちゃんと美桜ちゃんを起こしますので」

すると、増毛さんといるのが気まずいのか、美桜ちゃんが服をクイクイと引っ張る。

「早く行こうよ、美月さん」

「そっ、そうね。では、お預かりします」

美桜ちゃんに引っ張られるようにして、私はキッチンのある奥の扉へ向かって歩いた。

私が見えなくなるまで、増毛さんはなん度も頭を下げていた。

リビングから廊下に入って、キッチンの前を通り掛かる。

中には包丁を握っている亮がいて、明日の朝食の仕込みを始めていた。

「亮、美桜ちゃんはオーナー室で寝るから」

振り向いた亮は、分かりやすく「えぇ～」と嫌な顔をする。

「あんなゴミ部屋で、美桜ちゃんが寝られるのか？」

「美月さんの部屋、ゴミ部屋なの⁉」

美桜ちゃんが心配そうな顔をする。

「何がゴミ部屋よっ！」

私が丸めたバスタオルを投げると、亮は片手で受け取りながらニヤリと笑った。

「つたく。大丈夫、心配ないからね〜」

笑いかけながら、美桜ちゃんの背中を押して廊下を奥へ歩いた。

廊下の突き当たりに「乗務員室」と書かれたガラスの小窓がついた青い扉があって、ここが徹三じいちゃんの使っていたオーナー室で、今は私の部屋。

どこかの列車から外してきたと思われる乗務員室ドアのレバー式ノブを下へ押して開き、美桜ちゃんを連れて室内に入る。

六畳ほどの部屋はログハウスのようなカントリー調で、天井中央にはシーリングファンライトが取り付けられていて、プロペラがゆっくりと回っていた。

それなりに片付いている部屋に、美桜ちゃんはホッとする。

「かわいいお部屋〜」

「コテージ比羅夫を作った徹三じいちゃんのセンスがいいの」

私は部屋の奥にあるライトブラウン系の木製シングルベッドを指差す。

「美桜ちゃんは、私のベッドを使って」

　私はベッドの上にあった羽根布団を一旦よけて、毎日やっているように真っ白なシーツを出してベッドメイクをすぐにしてしまう。

「ホテルの人みた～い」

「私、掃除と洗濯とベッドメイクは自信あるの」

　この三つにセンスはあまり必要ない。いるものは根性と鍛錬だからだ。

　コインでも跳ねそうなくらいにピンとシーツの張ったベッドを指差す。

「はい、ここで寝ていいよ」

　部屋の中を心配そうな顔で美桜ちゃんは見回す。

「美月さんはどこで寝るの？」

「床に寝袋を敷いて寝るから大丈夫」

　クローゼットから夏用の薄めの寝袋を取り出し、ベッドの横のスペースにバッと広げていたら、美桜ちゃんは申し訳なさそうな顔をする。

　冬は暖炉の前に寝袋で転がって寝ている私には、こんなの全然辛くない。

「どこでも寝られるタイプ」なのだ。

「ごめんなさい。私だけがベッドで寝てしまって……」

「さっきも言ったでしょ。これは単なるコテージのサービスですから」

胸を張った私はニコリと笑った。

「ありがとう！　美月さん」

ダッシュで飛んできた美桜ちゃんは、両手を広げてお腹の辺りに顔を押しつけて私を抱き締めた。

「いいえ。それよりもう寝た方がいいよ。明日早いし、山に登るんだから……」

「そうだね」

体から顔を離した美桜ちゃんは、ベッドに上がってシーツの上に寝転ぶ。

その上から夏用の羽根布団を掛けてあげた。

「私はもう少し仕事があるから、美桜ちゃんは先に寝ていて」

リモコンを使って、シーリングファンライトの電気だけを消す。

ドアを開いて廊下へ出ようとすると、美桜ちゃんがつぶやく。

「……美月さん」

「な～に？」

「ここって……なんだか気持ちいい」

そう言ってもらえるのは、オーナーとしてとても嬉しいことだった。

「コテージ比羅夫は、家にあるからだよ、きっと」


私が微笑みかけたら、美桜ちゃんは布団を引いて口元まで引き上げる。

「美月さん、おやすみなさい」

「……おやすみ、美桜ちゃん」

ドアを静かに閉めてキッチンの脇を通ってリビングに出た。

時刻は22時くらいで、普通なら誰もいない時間。

だけど、真ん中の大きなテーブルの前には、増毛さんがまだ座っていた。

私が入っていくと目が合う。

「美桜はおとなしく寝ましたか？」

「えぇ、たぶん寝たと思います」

「……そうですか」

増毛さんはガックリと肩を落とし、寂しそうなため息を漏らした。

二人は不器用な者同士なのかもしれない。

そんな姿を見ながら私は思った。そして、自分の家族と似ている部分がある、とも。

私の家族だって仲良くしたくないわけじゃないけど、それぞれが自分のやりたいことを優先してしまうから、どうしても家族とのことは二番目以下になって、気がつけば一緒に過ごすことがなくなっている。

だからと言って、それを「寂しい」と思っていないところが、うちらしいと言えばそうなのだが……。

もしかしたら、母さんは普通の家みたいなコミュニケーションをとりたいのかな？　たまにそんなことを思ったりもするのだ。

増毛さんの前に立った私は微笑みかける。

「ナイトキャップに一杯どうですか？　酒は人類の友。少しのアルコールは、心を落ち着けて胸が温まりぐっすり眠れますよ」

「そうですね。そうさせてもらおうかな……」

そうつぶやいた増毛さんは、私の顔を見上げる。

「すみません。私、一人で飲むのが苦手なので……。出来れば美月さん、御一緒願えませんか？　その分についてもお支払いしますので」

無論、元居酒屋店長として、お客さんからのお誘いは断れない。

「スナックのママみたいに気の利いたことも言えませんが、それでよろしければ」

私が微笑むと、増毛さんも微笑み返してくれる。

「えぇ、前にいてくださるだけで大丈夫です」

「では、なにがよろしいですか？」

増毛さんは「そうだなぁ～」と言ってから、私に聞き直す。

「おススメはなんですか？」

「そうですねぇ。ワインもおススメですが、ナイトキャップとなればウィスキーなんてどうでしょうか？」

「ウィスキーですか……」

「比羅夫は余市に近いので、いいウィスキーが入っていますよ」

増毛さんの顔がほころぶ。

「そうですね。確かに比羅夫はニッカウヰスキーの工場近くでしたね。娘が出来てからそんなことも、すっかり忘れていましたよ」

「では、それでよろしいですか？」

「お願いします。飲み方はロックで、チェイサーをください」

もう、お酒の注文を言われたら、体が反応してしまう。

「ウィスキーロック一杯、まごころ込めて～」

人が変わったようなリアクションに、増毛さんは少し引いた。

「なつ……なんですか？　それ」

「すみません。前に働いていた居酒屋のクセで……」

頰を赤くしながらキッチンへ歩いた私は、自動製氷機の氷をアイスペールに詰め、拳くらいの大きさのロックグラスを二つと、水用のグラスを二つ出してトレーに置く。

亮は、鍋でとったかつお出汁を味見しながら、あきれたように言った。

「本当に『スナック比羅夫』になりそうだな」

シングルモルトの「余市」の瓶を棚からとって、グラスに指一本分程度注いだら、縁に届くくらいまでロックアイスを積み上げる。

「ボトルキープの棚がいるよね」

「それ、冗談に聞こえない」

最後に冷蔵庫で冷やしてあった水差しを取り出し、そこに水道から水を注ぐ。

比羅夫の水道の蛇口からは、実はミネラルウォーターが出ている。

少し大袈裟かもしれないけど、北海道でも最大クラスの火山である羊蹄山に降った雨は、地面に浸透して火山の岩の地下層でろ過され、長い年月を経てから麓に湧出してくる。

羊蹄山は富士山と似たような円錐形に近い山形のために、麓の四方八方から水が湧き出していて、比羅夫の水道の取水口もそうしたところにあるのだ。

こんな水道水がマズいわけがない。

徹三じいちゃんの昔から、コテージ比羅夫では、ミネラルウォーターを購入することはなく、常に水道水で対応出来たそう。

そんな水でお風呂を沸かすから、あんなに気持ちいいのだ。

もちろん私も、一年間比羅夫の水道水を飲み続けてファンになった。

お酒の用意を調え終わった私がトレーを持ち上げようとしたら、その上に亮が二つの小鉢をポンと載せてくれる。

「こんなもんしかないけどな」

小鉢には小さく刻まれた、自家製のお漬物が入っていた。

「ありがとう、亮」

「あんまり深酒するなよ」

両手でトレーを持ち上げながら亮に微笑む。

「大丈夫。私、二日酔いになったことがないから！」

手が塞がっていたので胸を張って見せた。

「心配なのは美月じゃない。増毛さんの方だ」

「あぁ～そういうことね」

自分のことと思った自分が恥ずかしい。

「そんなに飲まないと思うよ。明日、早朝から登山なんだし」

「そうだな」

亮は22時を回った時計をチラリと見た。

キッチンを出た私は、増毛さんの待つテーブルにトレーを運んでいく。

それぞれの前にウィスキーの入ったロックグラスと空(から)の水用グラス、小鉢、割り箸を置いて、水用グラスに水差しから水を入れた。

「お待たせしました～」

自分のロックグラスには、水を入れて水割りにした。

「お漬物はコックからのサービスでございます」

それを合図にして、二人でロックグラスを掲げる。

『乾杯……』

私にしては珍しく静かに乾杯した。

ウィスキーを口にした増毛さんは、少し目を閉じて気持ちよさそうにする。

「シングルモルトは、離婚してから初めて飲んだかもしれません」

「お好きだったのですか？」

「そうですね。好きで昔はよく飲んでいました」

増毛さんは真っ暗な線路側の窓を見つめて続ける。

「離婚してから忙しくて忘れていました。ウィスキーが好きだったことも……」

グラスを持ち上げて、増毛さんは恥ずかしそうに言った。

「慣れない家事もしなくちゃいけませんからね。お疲れ様です」

「仕方ありません。全て……自分が悪いのですから」

増毛さんは少しずつウィスキーを飲み、間にチェイサーの水を挟んだ。

「そう……なんですか？」

離婚に至った理由を詳しく知らない私は、そうつぶやくしかなかった。

すると、増毛さんが私の顔を見ながら言う。

「すみません。聞いてもらってもいいですか？」

「なにをです？」

「うちの離婚の原因です」

そんなことを聞いていいのかどうか分からなかったが、それをお客さんが望んでいるのなら、宿のサービスとしては間違っていないのだろう。

水割りを少し飲むと、口の中に香ばしいスモーキーな香りがふわっと広がる。余市のニッカウヰスキーは、力強くて濃厚なコクのあるものが多い。

グラスを唇から離した私は、増毛さんに微笑みかける。

「いいですよ。少しだけ『スナック比羅夫』を開店します」

「ありがとうございます」

フッと笑った増毛さんは、少しずつ話をしてくれた。

「私がママと結婚したのは二十五歳の時でした。すぐに美桜が出来て……そこからの十年はあっという間のことでしたね。子どもが出来れば必要な物が増えてきます。二人ならいらなかった車を買ったり、休みには家族旅行へ行くようになったり……」

当時を思い出すような目で増毛さんは語った。

「私はあんまり頑張るタイプでもなかったんですが、『美桜のために』って思うと、仕事も頑張ってしまい、とにかくがむしゃらに働いていたような気がします」

「それは素晴らしいことだと思います」

水割りを飲みながら、私は増毛さんにうなずいた。

「美桜の幼稚園の入園、卒園式。小学校の入学式、運動会、参観日。休みには美桜を連れていろいろな所に行って……そういう行事が永遠に続いていって、気がつけば結婚式で美桜が読む手紙をママと二人で聞いているんだろう。そんな当たり前の人生が待っていると思っていました」

増毛さんはグラスを持つ手にグッと力を入れた。

「それが、ある日突然……ママから『好きな人が出来た』と言われたんです」

美桜ちゃんから聞いてはいたが、当事者の言葉にグッと胸がつかまれる。

「そう……だったんですか」

私が深刻な顔をしていたら、増毛さんは笑みを浮かべる。

その瞳は少し潤んでいるように見えた。

「美桜のこともあったので、私は『許すよ』と言ったのですが、ママは『そういうことじゃないの。他に好きな人が出来たのだから』って、まったく揺るぎませんでした。だから、そのままママの望みを叶える形で……離婚することになりました」

私の心にほんの少しだけ、増毛さんの奥さんに対する怒りが湧いた。

「でもっ、あんな可愛い美桜ちゃんがいるのにっ」

口元に力を入れながら、私は水割りを多めに飲んだ。

「ママは『私はママである前に、明日香(あすか)って女なの』って言っていました。いつのまにか名前で呼ばれなくなったことも、きっと嫌だったんでしょう」

父もそうだが、母を名前で呼ばずにママと言っていた。それが嬉しい人もいるのだろうが、「○○ちゃんのママ」と呼ばれることで、自分を失ってしまったような喪失感を感じるのは分かる。

「きっと、ママが他の人を好きになる兆候とかサインは、その数か月前から出ていたんでしょうね。私が見過ごしていただけで……」

「でも、それは増毛さんのせいじゃありませんよ」

私は真面目に言ったが、増毛さんはフフッと笑った。

「そうでしょうか？　きっと、ちゃんとした旦那さんだったら、ママが不満に思うことや寂しがっていることに気がついて、そうならないようにするんでしょう。私はそういう気遣いが出来なかったから、ママは他に好きな人が出来たんだと思います」

離婚について話し終えた増毛さんは、ウィスキーをグイッと飲んだ。

「おふたりの離婚理由って……美桜ちゃんに話してあげましたか？」

そういうことも教えてもらえず、いつも「子ども扱いをしている」と感じるので、美桜ちゃんは増毛さんに対して、ああいった態度をとっているんだ。

増毛さんはうつむいたまま首を横に振る。

「いいえ、美桜には『私のせいで』って言ってあります」

「どうしてですか？」

テーブルの一点を見つめたまま、増毛さんは寂しそうにつぶやく。

「本当のことを言ったら、美桜がママを恨むじゃないですか……」

「増毛さん……」

「まだ美桜には早いので。大きくなったら……と思います」

夫婦の気持ちを理解するのは、私なんかには出来ない。

だけど……きっと増毛さんは、まだ奥さんのことを愛しているのだろう。

聞いた話のあちらこちらから、そんな想いを感じた。

少し考えた私は、遠慮がちに話し出す。

「私には気の利いたことは言えないのですが……」

「はい」

「私の父は二度ほど離婚して、現在、三人目の人と暮らしていまして……」

「奥さんが三人目のバツ二!?　うちのママも美月さんのお父さんと『同じ』ってことですか？」

驚いて聞き返す増毛さんに、私は首をゆっくり左右に振る。

「いえ、きっと増毛さんの奥さんと、私の父とは違うと思います。ただ、どんな人にも自分なりの考えがあるんじゃないか……と思っただけなんです」

増毛さんは腕を組んで「なるほど～」とうなった。

「確かにそうかもしれませんね」

「だから……増毛さんが奥さんの気持ちを推測して、それで、全部背負い込んで『なにもかも自分のせい』なんて思わなくてもいいんじゃないですか？」

「……美月さん」

「きっと、相手には相手なりの理由と理屈が、山のようにあるんですから……」

最初はあ然としていた増毛さんだったけど、やがてハッとして私を見る。

「私には結婚や離婚については分かりませんが、恋愛で付き合ったり別れたりするのは、両方のせいなんですから、増毛さんだけが気に病むことはないですよ、絶対に」

「……そうかもしれませんね」

少し気が抜けたように、増毛さんは優しい笑顔を見せた。

「助かりました」

「いえ、私はなにもしていませんよ」

私が首を横に振ると、増毛さんも同じように左右に振った。

「いえ、聞いて頂いて、ありがとうございました。こういう話は誰にも出来なくて……」

「私なんかで良かったんですか？」

スナックのママにもなれない私は、申し訳なく思う。

増毛さんは顔を赤くしながらお腹をさする。

「こんな話は誰かにすべきではないと分かっているのですが、話さないと腹の中に溜まるんです」

人間は不思議だけど、仕事の失敗、事故ったこと、失恋したこと、家族が死んだ時とか、心に大きなショックを受けた時は、誰かに聞いてもらった方が心が休まる。

それで事故がなかったことにはならないし、去っていった彼氏も戻ってこないけど、話したことで落ち着き、客観的な意見ももらって少し前を向ける。

その時の話し相手は、応援してくれる人でも、反対する人でも、いや黙って聞いてくれる人でもいい。

それだけでも心が和み、明日を生きる力になるような気がした。

「それ、分かりますよ。みんな心が頑丈に出来ているわけじゃないし、悟りを開いた賢者じゃないんですからね。私でよければいつでも話してください」

胸を張りながら微笑んでみせたら、増毛さんはリビングを見回して言った。

「なんでしょう。ここにいると、そんな恥ずかしい話も聞いてもらいたくなってしまって」

グラスを持った私は、窓の外を指差す。

「ここは家（ホーム）にありますから。きっと、帰ってきたような気がするんですよ」

口角を上げて増毛さんはにっこりする。

「そうかもしれませんね。この宿にはいい雰囲気が漂っていますよ」

私は桜岡家を代表して頭を下げる。

「ありがとうございます。私は二代目のオーナーなんですが、ここを作った徹三じいちゃんが、きっと喜んでくれています」

増毛さんはグラスを前へ差し出す。

「ごちそうさまでした。とてもおいしい一杯でした」

「もう大丈夫ですか？」

憑（つ）いていたものがとれたように、爽やかな顔で増毛さんは笑う。

「ええ、今なら気持ちよく寝られそうなので……」

「そうですか。それは良かったです」

私はグラスをトレーに載せて、テーブルの上を片付け始める。

椅子から立ち上がった増毛さんは、階段へ向かって歩きながら私に言う。

「また寄らせてもらいます、スナック比羅夫」

「はい、いつでもお待ちしております」

見つめ合った私達は、お互いに照れながら笑い合った。

「あとは〜美桜のことだけだなぁ」

それについては、さっき話をしていたので心配ない。

「きっと、明日、羊蹄山に登れば、美桜ちゃんとの関係も上手くいきますよ」

「そうでしょうか？」

私は右手に力を入れてみせる。

「登山は非日常体験ですからね。きっと、ふだんにはない奇跡が起きますよ！」

「そうですね。じゃあ、明日を楽しみにしてみます」

「羊蹄山登山、頑張ってくださいね！」

階段を上りだした増毛さんに、私はエールを贈った。

増毛さんはここへ来た時よりも、とてもいい顔で二階へ消えて行った。

少しはお客さんの役に立てたかな……。

ゆっくりと更けていく比羅夫の駅舎の中で、私は気持ちいい雰囲気を感じていた。

第四章　羊蹄山（ようていざん）のクーデター

次の日の朝、私はいつもの通り、6時30分着の列車の音で目を覚ました。

ドドドドッというディーゼルエンジン音は、私にとっては心地いい朝の目覚まし時計だが、初めての美桜ちゃんにはとっても驚くことだったらしい。

「なっ、なに!?」

ベッドの上でガバッと一気に体を起こして立ち上がった。

寝袋から出た私は、両手を天井へ向けて「う〜ん」と体を伸ばす。

「おはよう〜美桜ちゃん」

「おっ、おはようございます……美月さん」

オーナー室で寝たことをすっかり忘れてしまっていたのか、少し戸惑った顔をしていた。

美桜ちゃんの布団を畳む。

「廊下に洗面台があるから、顔を洗って歯磨きしてきて」

「分かりました〜」

美桜ちゃんはタオルとポーチを持って部屋から出て行った。

私の方は、速攻で夏のユニフォームに着替え、洗顔もすませる。美桜ちゃんには「登山の準備をしてきてね」と言って、いったん部屋へ戻すようにした。

私は、朝食準備中のキッチンに入っていく。

無論、ウィスキーの水割り一杯くらいでは、次の日に残るわけもない。

「**おっはよう〜〜〜!!**」

右手を挙げた私は、昨日よりもお腹に力を込めて言い放った。

「その朝の強さだけは、尊敬に値するな」

亮はむすんだおにぎりを、テキパキとアルミホイルに包んでいた。

「まぁ、一つくらいは亮に褒めてもらうポイントがないとねぇ〜」

「いや、俺は5時起きだから、ジョークで言ったんだがな」

私は亮の背中に向かって舌を出し、イヤミに反撃しておいた。

それから並べられているおにぎりとおかずに鼻を近づけ、匂いを嗅いで目を覚ます。

「昨日は早い店じまいだったみたいだな、スナック比羅夫」

「一杯でお客さんの気持ちが晴れたからねぇ〜」

「気持ちが晴れた？」

意味の分からない亮は首を傾げた。

二人で登山へ向かうお客さん用の朝食を調えて、トレーでリビングへ持っていく。

「皆さん、おはようございます」

『おはようございま〜す』

応えるように、八人のお客さんが一斉に返してくれた。

全体的に年齢層は高めで、登山ブーム世代のリバイバル組といった雰囲気。

「こちら朝ご飯で〜す。お一つずつどうぞ」

一人一人に挨拶をしながら、アルミホイルの包みを渡していく。

お客さんは「ありがとう」と言いながら受け取り、それぞれのバックパックに入れた。

今日は羊蹄山登山へ向かうグループが三つあって、その中の一つが増毛さん親子だった。

二人とも昨日と同じ登山ウェアに身を包んでいたが、ここへ来た時の状態に戻ってしまっていた。

美桜ちゃんは椅子に座ってスマホをずっといじっているし、増毛さんはそんな美桜ちゃんを困った顔で見ているだけだった。

登山で素直になって、少しだけでも仲良くなれますように……。

私は羊蹄山にいるであろう山の神様に、心の中で祈った。

そこで、亮が玄関へ向かって歩きだす。

「では、羊蹄山登山口へお送りします。二回に分けてお送りしますので」

そう言うと、お客さんたちはゆずり合って自然と二つのグループに分かれた。

危険が伴う山では助け合わなくてはいけないこともあって、登山するお客さんはいつもこういった感じで爽やかで優しい人が多いような気がする。

仲良さそうな五十代の夫婦に続いて、増毛さん親子が玄関に向かう。

「じゃあね、美月さん！」

素早く靴を履いた美桜ちゃんが、元気よく手を振って出ていく。

「はい、いってらっしゃい」

美桜ちゃんを追いかける増毛さんは、いつものように丁寧に頭を下げた。

「美月さん、大変お世話になりました」

「いえいえ、本当に大したお構いも出来なくて……」

増毛さんはリビングを見回す。

「いえ、ここには『帰ってきたくなる』ものがあるような気がします」

徹三じいちゃんまで一緒にほめられたような感想に嬉しくなった私は、満面の笑みを浮かべる。

「是非、またお越しください！」

「はい、また寄らせて頂きます」

もう一度頭を下げてから、増毛さんは玄関を出て駅舎前に停めてあった亮の運転する白いバンに向かって歩いて行った。

四人が乗り込むと、ドアが閉まり車はブォォと去っていく。

窓を見つめていたら、美桜ちゃんが一生懸命に手を振っているのが見えた。

「またねぇ～」

声は聞こえないと思うけど、私はそう言いながら手を振り返した。

お客さんを見送る時、ほんの少しだけ寂しさがある。

それは宿の仕事のいいところでもあり、少しつらいところでもある。

二十分くらいすると亮は駅に戻ってきて、残り半分のお客さんを運んでいった。

「よしっ、朝食の準備だ！」

今日も残ったお客さんに7時半から朝食をお出しするので、テーブルにランチョンマット、カトラリー、ナプキンなどを並べていく。

それから、キッチンに入ってお客さんがいつ起きて来てもすぐに朝食が出せるようにスタンバイする。

6時30分に目覚まし一番列車がやってくるせいか、コテージ比羅夫に宿泊するお客さんは、だいたい朝食の開始時刻である7時半に降りてくる。

パタパタという音がしたら、私はいつものように階段から二階を見上げる。

「おっはようございま〜〜す!!」

笑顔で一人一人席へ案内している間に亮は戻ってきていて、キッチンでちゃんと人数分のご飯、お味噌汁、おかずプレートを用意しているのだから、すごい。

やはり、どこかに監視カメラがあるのか?

お客さんを案内したら、グラスに比羅夫自慢の冷えたお水を注ぎ、

「只今、朝食をご準備いたしますね」

と、言いながらキッチンへと早足で歩く。

キッチンに入って私は叫ぶ。

「はまなすのお客様、二名様で〜す」

「用意は出来ている」

いつものように、亮は振り返ることもなく言う。

これがコテージ比羅夫で毎朝行われている朝食準備のルーティンだ。

私はいつものように笑顔で、トレーに朝食のセットを載せた。

◇

最後のお客さんは9時3分発の倶知安行の列車に乗って行った。

簡単に二人で朝食を済ませた私と亮は、朝の仕事にかかる。

私は掃除とベッドメイクがメインで、亮は食材の仕入れや仕込みを行う。

午前中の三時間は忙しくて、いつも記憶がない。

六部屋の掃除と十八台分のベッドメイクをやっていたら、あっという間に時間が過ぎ去ってしまうからだ。

もちろん、午前中で終えることは出来ず、午後にも仕事は続く。

宿の仕事というものは、こだわりだしたらキリがないので「休憩」という意味もあって、私たちは正午になったらピタッと仕事を中断する。

合図はどこからか聞こえてくる、正午を知らせるサイレン。

二階からトントンと階段を降りていくと、今日の昼食をトレーに載せて亮がリビングに入ってくる。

ちらっと見えた、淡い黄色で覆われた丼に、私は一気に階段を駆け下りた。

「ウニ丼⁉」

「分かりやすい奴だな」

亮は笑いながら、私の方へ丼とすまし汁のお椀を置く。

「だって北海道にいても、そんなに食べられるわけじゃないし〜」

「北海道だからといって、『ウニが激安！』ってわけじゃないからな」

「どうして⁉　どうして⁉　こんな贅沢品を⁉」

テンションが上がった私は、飛び跳ねそうになりつつ聞いた。

「魚の納品に来た七重浜（ななえはま）のおじさんが『お中元がてらに』って箱でくれたんだ」

手を洗ってから椅子に座り、私はニコニコと丼を眺める。

一年近く北海道にいるので、ウニの区別くらいはつくようになった。

よく見かけるオレンジに近いものは「バフンウニ」で赤ウニとも言われている。

今日の丼に載っているのは通称白ウニと呼ばれる「ムラサキウニ」で、こっちの方が少し安いことも覚えた。

それでも、盛り上がらないわけにはいかない。

二人で同時に手を合わせ、『いただきます』と言ってから食べ始める。

亮が持ってきた昆布しょうゆを回しかけてから、白いご飯と一緒に口へ放り込む。

その瞬間、淡泊で上品な甘みがふわっと広がる。

「おいしい〜〜〜」

両目をつむった私は、横の椅子をパンパンと叩きそうになる。

「よかったな」

小さい頃から食べていたらしい亮は、私ほどの盛り上がりはない。

「いいなぁ〜こんなのが小学生の時から食べられていたなんて……」

「そこで獲れるからな。たまに誰かが持ってきてくれるんだ」

亮は線路の側の窓を指差した。

「近くの海でウニが獲れるんだっけ？」

「比羅夫から北へ行くと『積丹半島』があるだろ。北海道では一年中どこかでウニが獲れるが、産卵前にあたる夏に獲れる積丹の美国のウニが一番うまい」

口にウニを載せたご飯を放り込み、おいしそうに亮が食べる。

「そうなんだ」

「うちの出汁にも使うが、美国の昆布は質がいい。そんないい昆布を食って育っているから、ウニの味もよくなるんだ」

食材について話している亮は、とても楽しそうだった。

「私、こっちへ来るまで、実はそんなにウニは好きじゃなかったんだよね」

亮はあっという間に三分の一を食べた私の丼をジロリと見る。

「そんなに勢いよく食べておいて、よく言えたな」

「違う、違う。こっちのウニは大好きよ。いや、もう『ウニは北海道でしか食べない』と言ってもいい！」

私がお箸でVサインを作って見せたら、亮は少し呆れる。

「なんだそりゃ？」

「だって、鮮度っていうのかな？　味が全然違うよね」

ブラック居酒屋チェーンでも、たまに「北海道フェア」とか称してウニ料理を扱っていたこともあるが、その時食べていたウニとはまったく別物なのだ。

「たぶん、ミョウバン水のせいだろ」

「ミョウバン水？」

聞き返した私に、亮が食べながら説明してくれる。

「硫酸アルミニウムカリウムを溶かした水のことだ。ウニは空気を吸う力が強いから酸化して臭みが出やすい。ほっておいたら溶けちまう。だから輸送に時間がかかる時は、ミョウバン水に浸して出荷するんだが……それが苦味を生み、身も固くなる」

「そっか……だから、こんなにも味が違うんだ」

私はウニを一つつまんでじっくりと眺めた。

「ミョウバン水に浸すとウニが水を吐いて、ウニ本来の味が際立って苦く感じるのかもしれないと言われていたり、旬を過ぎた物を食べるからとも、出荷業者のミョウバン水の割合の問題だとも、言われているけどな」

「じゃあ、このウニはミョウバン水につけてないから、おいしいんだ」

パクッと食べると、口の中に再び濃厚なウニの味が広がる。

「塩水に浸けてあるだけだからな。これなら味と食感は獲れ立てとあまり変わらない」

「だからおいしいのか～北海道のウニ!!」

私は改めて「やっぱり北海道でしか食べない」と誓った。

その時、ファララとリビングの電話が鳴る。

立ち上がろうとする亮に、私は右手を出して止める。

「私が出る。きっと、予約電話だから」

登山客の多いコテージ比羅夫では、電話で予約する人も多い。

口に残っていたウニとご飯をすまし汁で流し込み、玄関近くの白い電話に走った。

受話器をとって右耳にあてる。

「はい、コテージ比羅夫です」

その瞬間、叫び声が返ってきた。

《助けてください！　美月さん》

あまりの大声に耳が痛かった私は「わっ」と、反射的に受話器を離した。

「どうした？」

「それが……」

私は電話機のスピーカーボタンを押す。

《聞いてますか⁉　美月さん⁉》

電話の向こうで中年くらいの声の男の人が、怒鳴るような勢いで話している。

「えぇ……聞こえていますよ」

そこで亮が小声で私に言う。

「……美月、その声……増毛さんじゃないか？」

そう言われれば、確かにそんな気もする。

「増毛さん……ですか？」

《そうです！　増毛です！》

ここに泊まっていた時は静かな感じだったので、こんな大きな声で叫ぶ人だというのが想像出来なかったのだ。

「とりあえず、落ち着きましょう。ねっ、増毛さん」

《すっ、すみません》

「深呼吸しましょうか。吸って～吐いて～」

電話の向こうから、ちゃんと深呼吸する《スウ……ハァ》という声が聞こえてくる。

深呼吸を十回程度して、落ち着いたと思われる頃合いを狙う。

「それで？　どうされましたか」

《みっ、美桜が大変なんです！》

亮は丼に残っていたご飯を口へかき込むと、すまし汁で流し込んだ。

そして、静かに両手を合わせて会釈すると、器を持ってキッチンへ歩いていく。

焦っている増毛さんを冷静にさせることにする。

「どういうことですか？　落ち着いて……ゆ～っくり話してください」

《はい、今まで美桜と羊蹄山を登っていたんです。ですが……》

「ですが？」

《美桜が……美桜が……》

「美桜ちゃんがどうしたんです!?」

私の頭の中で嫌な想像が駆け巡る。最初に頭をよぎったのはケガだ。

羊蹄山は危険な山ではないが、それでも年間数人は事故でケガくらいはする。

もしかして、どこからか足を滑らせて、滑落でもしたのではないかと思ってしまう。

固唾（かたず）を呑んで電話に注目していると、増毛さんは大きな声で言い放つ。

《避難小屋に立て籠ってしまったんです！》

すぐには状況が把握出来なかった私は、戸惑いつつ聞き返す。

「はぁ？　美桜ちゃんが避難小屋に立て籠った？」

《そうです。突然怒りだしたかと思うと、九合目にある避難小屋に飛び込んで、中から鍵を閉めてしまったんです。あいにく、管理人さんが急用でご不在とのことで、どうしようもなくて》

「そっ、そうなんですか⁉」

突然の展開に、さすがに私も驚いた。

少しギクシャクしているとは感じたけど、そんなことで美桜ちゃんが増毛さんから逃げ出して、挙句の果てに避難小屋に立て籠るとは……。

状況については理解出来たが、少し分からなかったのは、ここへ電話してきたこと。

一拍おいてから、増毛さんは真剣な声で私に頼む。

《美月さん、この通りです。私を助けてください》
電話の向こうで土下座している姿さえ想像出来る。
「わっ、私は……なにをすれば？」
《説得してもらえませんか？　美桜を》
「説得!?　私がですか!?」
驚く私に、増毛さんは必死に続ける。
《お願いします。私の言うことを美桜はまったく聞いてくれません。ですが、きっと美月さんの言うことなら……きっと》
確かに昨日は仲良く過ごしたけど、それはたった一日のことだ。
美桜ちゃんにとっては、泊まった宿の従業員に過ぎない。
「そんなことが、私に出来るかどうか……」
自信の持てなかった私は、遠慮がちに言う。
《こんなことをお願いするのは大変申し訳ないと重々承知しておりますが、何卒（なにとぞ）、私を助けると思って手を貸していただけませんでしょうか？　避難小屋は登山客の皆さんが使う場所で、ここに立て籠るのは大変ご迷惑で……》
増毛さんの言葉から、とても困っていることは伝わってくる。

チラリと見た壁の時計は、12時半を示しつつあった。

急がないと日が暮れる。日が落ちたら下山は出来ないと聞いた。

時間がないと思った私は、考えることなく決意した。

「分かりました。今から避難小屋へ向かいます！」

《ありがとうございます！　では、避難小屋前でお待ちしていますので……》

そこで増毛さんからの電話は切れた。

電話の液晶ディスプレイに出ていた増毛さんのスマホの番号を控えて、自分のスマホに打ち込んでメモリーしておく。

私が振り返ると、亮がいろんな物を持ってバタバタと動き回っていた。

「亮、私、ちょっと――」

亮は空のバックパックを持ち歩きながら言葉をさえぎる。

「避難小屋まで、羊蹄山を登るんだろ？」

既に亮は準備を始めていた。

「登る……そうね、確かに登るね」

増毛さんには「向かいます」と言ったが、私は避難小屋がどこにあるのか知らなかった。

だから、「羊蹄山に登ることになる」という認識も薄かった。

「装備は俺の方で用意するから、昼ご飯はしっかり食べておけ」

丼にはまだ、半分くらい残っていた。

「あっ、あぁ～うん。分かった」

どうして亮がそう言ったのかはよく分からなかったが、私は黙々と残りを食べた。

登山をしない私だけなら不安だけど、亮がいてくれるのは心強い。

「亮は羊蹄山に登ったことあるの？」

「何度もあるに決まってるだろ」

「そりゃ～そうか」

亮はリビングに何度も現れては、いろんなことを聞いていく。

「登山靴持っているか？」

「登山靴はないよ。ミリタリーブーツならあるけど」

少し「う～ん」と悩んでから「まぁいいだろう」と納得した。

「防寒着は持っていたよな？」

「あるよ、N-2Bジャケットが。でも、八月よ……今」

「いいから。食べ終わったらクローゼットから持ってこい」

「分かった」

早々に昼ご飯を食べ切った私は器をキッチンに運んでから、亮に指示されたような格好に着替えた。

比羅夫駅の周囲を歩くことはあるけど登山なんてしたことのない私は、山ガールファッションなど持っていないので、下はスリム系のチノパン、上は深緑のウインドブレーカーを着た。林ガールといったところだ。

リビングに戻って、クローゼットから持ってきたN-2Bジャケットを亮に手渡すと、亮はそれをフロアに置いてあった容量が五十リットルはありそうなグリーンの大きなバックパックに詰め込んだ。

既にバックパックにはいろいろな物が入っているらしく、パンパンに膨らんでいた。

「よしっ、行くぞ」

亮がバックパックを持って立ち上がる。

「あっ、うん」

よく分かっていない私は亮に続き、玄関でミリタリーブーツを履いて、中にチノパンの裾を入れ、最後に紐でギュッと締め上げる。

このブーツは春の雪解けシーズン用の靴を探していた時、耐久性の高さと防水性が気に入って買った物だが、泥沼になる近所を歩く時にしか使ったことがなかった。

亮がバックパックを持っていって、車の後部座席にポンと放り込む。

私が助手席に、亮が運転席に座ったら、すぐにエンジンを掛けて走り出した。

あっという間に山道になって、高い針葉樹に両側を囲まれる。

毎朝ここを走っている亮は、慣れた手つきでハンドルを回して走らせた。

「いいか？　避難小屋があるのは九合目だ」

「九合目……それ、どのくらいの場所なの？」

亮は「大丈夫か？」といったような心配そうな顔をする。

「山っていうのは麓から頂上までの標高をだいたい十個に割って、十合目が頂上を表しているんだ」

「ってことは……九合目は頂上まで、もう少しの場所か……」

なんとなく分かったけど、実感が湧かなかった。

「そして、倶知安からの登りは、登山口から一本道だから迷うことはない」

「うん、分かった」

そう返事したところで、私はやっと気がついた。

「えっ⁉　私、一人で登るの⁉」

「当たり前だろ。俺まで一緒に登ったら、コテージ比羅夫はどうする？」

「確かに……今から登っていたら、夕食の準備が間に合わない」

「こんな忙しい時期に、宿を閉めるわけにもいかないだろう」

「確かに……そうね」

ここはオーナーとしても、亮に無理は言えない。

亮は前を見て運転したまま左の親指で後部座席を指差す。

「必要な物は全て入れておいたから、困ったことがあってもバックパックを開けば、なんとかなる」

「分かった。困ったら開いてみるよ」

そこで車は半月湖畔にある駐車場に入っていく。

「前にも言ったがな。うちはノーと言わない超一流のホテルじゃないんだぞ」

「分かってる……」

ブレーキをかけて亮が車を駐車スペースに停める。

「また安請け合いして……と言いたいところだけどな」

「亮……」

「危険な状態になっているお客さんを救いに行くんだから、今回は正義の味方だ」

そこで、助手席を見た亮は、私に向かってニコッと笑った。

「だから、頑張ってこい、美月」

亮は大きな手を私の頭へ伸ばしてクシュクシュと触った。

子ども扱いしたのか、応援したかったのか、意味はよく分からない。

だけど、そういうことをされたのは十年以上前の父以来で、なんだか少し気持ちよかった。

知らないうちに私の頬は、少しだけ赤くなっていた。

「頑張ってくるよ」

亮の顔を見上げながら、私はにっこり笑った。

そこでドアを開いた私は、アスファルトで固められた駐車場へ降り立った。

「柔軟運動はしとけ」

「分かった」

「俺は登山届を書いてくる」

大学まで体育会系の部活をやっていたので、柔軟運動には慣れている。

アキレス腱、足裏、ふくらはぎ、もも前、股関節を中心にしっかり動かしておく。

その間に亮は白いポストから用紙をとって、備え付けの鉛筆で書いて投函してくれた。

私の準備が整ったのを見て、後部座席のバックパックを亮が取り出して、ショルダーハーネスを開いて持ち上げてくれたので、私は背中を押し当てて両手を通した。

「ありがとう、亮」

亮が手を離すと、バックパックがストンと落ちてグッと私の肩にのしかかった。

おっ、重っ！

情けないので声には出せないが、バックパックはすごく重く感じた。

「じっとしとけ」

前に回った亮がウエストベルトをカチンとロックし、バックパックの各部にあるベルトを一つ一つ締め上げていく。

すると、不思議なことに、少しだけ荷物が軽く感じられた。

「どうだ？」

「これなら、なんとかなりそう」

ニコッと笑った亮は「そうか」とバックパックをパンと叩く。

「まぁ、大変なのは登りだけだからな」

「どうして？」

「下るのに力は要らないし、荷物もすごく軽くなっているはずだから」

「荷物が軽くなる〜？」

首をひねっている私のバックパックをグイグイと押してくる。

「さぁ、行った行った。早くしないと日が暮れるぞ」

「そっ、そうね。じゃあ、行ってきます！」

私が適当な敬礼をしたら、亮は目元に人差し指と中指を揃えてあてて応えた。

「おう、行ってらっしゃい。気をつけて楽しんでこい」

「そうだね、せっかくだから楽しんでくるよ」

私はうなずいてから、登山口と書かれた看板へ向かって歩き出した。

駐車場から左右に熊笹の並ぶ、こげ茶色の道を歩き出す。

「羊蹄山（えぞ富士）ひらふ登山口」と白字で書かれた木の看板のところで振り返ると、亮は車の横に立ったままで、右手を大きく振ってくれていた。

笑顔で手を振り返した私は、ショルダーハーネスを両手で握る。

「よしっ、行くぞ！　羊蹄山」

私は比羅夫に来て、初めて羊蹄山に分け入った。

初めのうちはなだらかな傾斜の幅の広い登山道で、ピクニック気分で歩いて行ける。

登山道はゴツゴツした木肌を持つブナの木々の間を縫うように続いていた。

駐車場に車は十数台あったが、前後に歩いている人は誰もいない。

周囲の森はどこまでも広がっていて、高い木によって日差しは和らげられていた。

途中、倒れた木の下をトンネルのように通り抜ける。

「こういうところを歩いていくんだ」

木に手をあてながら腰を屈めて通り抜けるのは、少しアドベンチャー気分。

すぐに道幅が人一人分くらいの細さになって、背の高さまである熊笹に取り囲まれる。

そんな道を抜けていくと、一つのブナの木に「一合目」と書かれた看板があった。

「これで約十分の一なら楽勝ね」

私は気楽な雰囲気で歩いていたが、登山は二合目からだった。

大きな岩が階段のように並べられている道に変わり、今まで歩くように出していた足を、一歩一歩持ち上げなくてはいけなくなる。

「登山になってきた」

私はポケットに入れておいたハンカチで汗を拭きながら進んでいく。

周囲の木々には白樺が交じるようになり、青や黄、白といった花の蜜を取りにきたミツバチが飛んでいるのが見えた。

「花の名前くらい分かった方が楽しいんだろうな～」

こうしたことにはうというちの家では、花の話題など出たことがない。

だから「花がキレイ」って思えても、名前はどれも分からなかった。

樹林の中に岩の階段のように続く道を歩いていく。

二合目付近を歩いている時は、黙々とこげ茶色の道を見ていた。

バックパックの重みで少し前傾になることもあったが、両側に森が続いて展望があまりいいわけじゃなく、顔をあげて見るものがなかったからだ。

「ふぅ～やっぱり登山ってキツイなぁ」

体育会の部活をずっとやってきて体力には自信があるが、登山は別の筋肉を使うようだ。単に歩いて坂道を登っているだけなのに、息が荒くなり喉がすぐに渇く。

不思議なのは、登山ブーム世代の人が楽しそうに歩いていること。

「こんにちは～」

下って来た登山客の女性たちと、すれ違う時に挨拶をする。

「あら、今から登るの？　頑張ってね」

きっと、皆さん、午前中に頂上まで登って、こうして下山してきているはずなのに、なぜか軽い足取りでにこやかに声をかけてくれる。

「なにかコツとかあるのかな？」

私はダラダラと汗を流しながら、根性で一歩一歩登っていく。

やっと、三合目と書かれた札のかかる木のところまでやってきた。

「うわぁ、こんなに登ったんだ！」

少し嬉しかったのは、山道の左側が開けて遠くまで景色が見渡せたこと。

あまり目標物のない地域だから、だいたいの場所が分かる。

「あそこが倶知安かな？」

緑の山裾を走る線路のようなラインを目で追いながら、住宅の広がった場所を見つめた。

きれいな景色に思わず足を止めた私は、岩の上に座って少しだけ休憩することにする。

バックパックのサイドには、プラスチック製の一リットルの水筒が入っていた。

「こんな大きな水筒を積むから重いんじゃないの？」

亮の用意した荷物に不満を言いつつ、フタを開いてゴクリと飲むと、爽やかなレモンの味がすっと口の中に広がる。

きっと、比羅夫の水に亮がレモン果汁を搾っておいてくれたのだ。

それだけで、さっきの不満が吹き飛ぶ。

「ありがとう〜亮」

取り出した時には「こんなに水なんて飲まないよ」と思っていたけど、飲みだしたらゴクゴクと三分の一くらい飲んでしまった。これは体が欲しているということ。

その時、ミラータイプのサングラスをした長身の男の人が、素早く下りてきた。

顔は黒々と日焼けしていて、オレンジのヘルメットを被り、真っ赤な登山用ジャケットの下には足にピッタリとした感じの黒いパンツをはいていた。

ウェアもザイルやピッケルを吊っているバックパックも使い込んであり、ベテラン登山者のようだった。

「こんにちは」

と挨拶すると、右手を出したその人から、聞き慣れた声が戻って来た。

「ようこそ、羊蹄山へ」

「健太郎（けんたろう）さん⁉」

やってきたのは亮の兄の健太郎さんだった。

私は健太郎さんの手を取って立ち上がる。

「どうしてここへ？」

「亮から連絡があったんです」

「亮から？」

手を離した健太郎さんはサングラスを外して、いつものように優しく微笑む。

「美月ちゃんが山へ行ったから『助けてやってくれ』ってね」

「亮が健太郎さんに連絡してくれたんですね」

健太郎さんはお姫様にダンスを申し込む王子様のように、足をクロスさせながら大袈裟に右手を振って頭を下げた。

「山岳ガイドの仕事が明けて下山するところだったので、お迎えに上がりました」

こういう優雅な動きが似あうところが、大人の健太郎さんって感じ。

「では、よろしくお願いします」

私の格好を見た健太郎さんは、人差し指を上へ向けてクルクル回す。

「きっと亮なら入れているはず。後ろを向いてください」

「こうですか？」

私はバックパックを健太郎さんへ向けた。

バックルを外した健太郎さんは、カバーを開いて中からなにかをゴソゴソと取り出す。

カチンカチンと鳴らしてから、私の目の前に持ってきた。

「これを使うと、すごく楽になりますよ」

それは登山客の人がよく持っている、折り畳み式のトレッキングポールだった。

「ありがとうございます。これも入っていたのか」

「亮から聞いていませんでしたか？」

私は不満気な顔で首を横に振る。

「まったく……」

「一合目からでも使った方が楽なんですけど……ねぇ」

健太郎さんは苦笑いした。

そういう便利な物があるなら、最初から教えてよっ。

比羅夫であろう方角に向かって、私はキッと睨みつけた。

「行きましょう！　健太郎さん」

不満を力に変えて元気を取り戻した私は、トレッキングポールを両手に持って歩き出す。

「そっ、そうですね。じゃあ、行きましょうか」

健太郎さんが前に立って、私のペースに合わせて歩き出す。少し進んだ四合目からは、正に階段のような急な登りが続く。その時感じたのはトレッキングポールの有難さだった。

「杖は第三の足なんて言いますからね」

健太郎さんの言った通り、トレッキングポールがあるだけで登るのがかなり楽になる。

両手にトレッキングポールを持っていることで、バランスを崩したりスリップしたりすることが少なくなり、今までよりも安定した歩き方になった。

「健太郎さんは使わないんですか？」

「私達は敢えて……使わないんです」

「そうなんですか？」

「楽してしまうと、バランスを保つ力がつかなくなりますし、トレッキングポールが使えないような岩場を歩くのが上手くならなくなるので」

健太郎さんはそう言いながら、すいすいと岩場の道を上がっていく。

その上、私のペースに合わせながら、周囲に咲く花を指しては「これはカラマツソウですよ」「あれはエゾオヤマノリンドウです」とガイドしてくれる。

こうして教えてもらえると、周囲に生えている草木が「単なる雑草」ではなく、高山植物として輝くものに見えてくるから不思議だ。

きっと、三合目までの道よりずっと険しくなっているのだろうが、一人で歩くより、こうして二人で話しながら歩くので楽しかった。

五合目の札がかかっている木の下は、広場みたいになっていたが、窪地になっているから周囲に見えるものはなにもなかった。

「水、少し飲んでおいた方がいいですよ」

健太郎さんに言われて、私は立ち止まって水筒の水を飲む。

やっぱり砂漠に撒く水のように、スルスルと体に沁み込んでいく。

「登山って、割と水分消費するんでしょうか？」

「八時間の登山で、約二百五十ミリの水分が失われるそうですよ。汗で水分が失われると、脱水症状になって疲労感が増し持久力の低下を招きます。ですので、三十分に一度くらいのタイミングで、少しずつ水分をとる方がいいんです」

「そうなんですね」

そこでポケットに手を入れた健太郎さんは、個包装のキャンディを一つくれる。

「バター塩飴です。水と一緒に塩分も少しとった方がいいと思うので」

「ありがとうございます」

包装を開いて口へ放り込むと、バターの甘さと塩の辛さが絡み合って、とてもおいしい「甘じょっぱさ」が口の中に広がっていく。

運動をしているせいか甘さも辛さも強く感じたけど、とても心地よかった。

「ちゃんとご飯は食べてきましたか？」

ニコリと笑った健太郎さんは、お腹をさする。

「ええ、亮から『昼ご飯はしっかり食べておけ』って言われたので……」

「登山者の一日に必要なカロリーは、女性なら三千キロカロリー程度と言われています」

思ったよりも多くて、私は素直に驚く。

「そっ、そんなに!? コンビニのおにぎりなら十五個くらいですよ」

「登山は長時間体を動かし続けますので、いつもよりカロリー消費量が多いんです。だから、二時間に一度は食べ物を補給して、あまりお腹が空かないようにして体を保つんです」

「へぇ〜そうなんですね」

「食べ物を摂らずに激しくエネルギーを使うと、血糖値が下がって全身に力が入らなくなるハンガーノックになってしまいます。そうなったら大変ですからね」

それを考えて亮は昼ご飯を「しっかり食べておけ」と言ってくれたらしい。

少しだけ休憩して、私達は再び山道を登り始める。

周囲の木々は背が低くなってきて、登山道はV字形の細い谷のようだった。

登山道は周囲から一段低くなっていることもあって、場所によっては湧き水の小川となっているところもあったが、そこでは防水のミリタリーブーツが役立った。

景色が大きく変わるのは、七合目を越えた辺りから。

標高が高くなって木が大きく成長出来なくなり、登山道の左側に遠くの山々や倶知安の町が小さく見えるようになる。

ここまで来れば歩くのが気持ちよく、高地のピクニックといった雰囲気だ。

ただ、気温はグッと下がってきて、風が吹けばウインドブレーカーでも寒く感じる。

麓では三十度近くあったはずなのに、ここでは春先のような気温だった。

七合目となれば今まで登ってきた距離よりも、目指す九合目までの方が近いと感じられるから、足取りも自然に軽くなる。

地表に這うように生える草木に強い日差しがあたり、反射した緑がまぶしかった。

すっかり高くなった標高のせいで白い雲が下に見えるようになり、地表から舞うチリやホコリで太陽光線が散乱してしまうから地表は青く霞んでくる。

今日はとても天気がよく、青空には筋状の雲が少し走っているだけだった。

八合目から九合目にかけては、火山らしい歩きにくいゴロゴロとした岩場が続くが、そこさえ越えれば、草木が腰の高さしかなく頂上まで見渡せる雄大な景色が広がる。

ここからの景色は観光パンフレットで見るような、きれいな高原だった。

地上に打ち込まれた九合目の看板のところで登山道は初めて分岐していて、左には火口の外輪山経由で「山頂」と書かれ、右に見える丘へ続く方は「避難小屋」と書かれていた。

「やった――――!!」

ついにやってきた九合目に、私は思わず跳び上がって喜んだ。

「避難小屋までは、あともう少しです」

スマホで時刻を確認すると、16時半を回りつつあった。

夏だから日はまだ高かったが、それでも日没はかなり近づいていた。

「じゃあ、急ぎましょう!」

調子が出てきた私は、健太郎さんの前を歩いた。

分岐点から少し下るような感じで、なだらかな緑の丘を回り込むように歩き、やがて低い松に両側を囲まれた道を行く。

その先に将棋の駒のような形の、グレーの鉄板の屋根、焼き板で作られた黒い壁を持つ建物が見えてきた。

「あれが避難小屋です」

健太郎さんが指差す建物の前には木で作られたテーブルとベンチがあり、そこには増毛さんが突っ伏しているのが見えた。

羊蹄山は宿泊しながら登るような山ではないので山小屋はない。

だから、登山客は朝から登って、日が暮れるまでに下山するのが普通だ。

既に夕方となっていたので、周囲には私たちしかいなかった。

まだ小さく見えている状態だったが、私は手を振りながら叫ぶ。

「**増毛さ〜〜〜ん!!**」

約三時間半途方に暮れていたらしい増毛さんは、ガバッと起きてこっちを見た。

そして、藁にもすがる顔で、両手を振りながら走り寄ってくる。

「すっ、すみませ〜ん!!　美月さ〜ん!!」

真ん中で落ち合って、私はさっそく増毛さんに聞く。

「それで？　美桜ちゃんは、あの中ですか？」

私は建物の側面の一番奥の、看板の横にあるステンレスドアを指差した。

「えぇ、どうやって鍵をしたのか分かりませんが、ドアが開かなくて……」

早く美桜ちゃんと話さなければ……。

「分かりました」

私はテーブルの上にバックパックを置き、ドアを拳にした右手でドンドンと叩く。

「美桜ちゃん、開けて！　美月よ」

「美月さん!?　どうしてここに？」

突然、私が現れたことに、美桜ちゃんは驚いていた。

増毛さんは一メートルほど後ろに立って、心配そうに見つめる。

「お父さんに頼まれたの。ここから出てくるように『説得して』って！」

その瞬間、美桜ちゃんの声のトーンが一段低くなる。

「お父さんが？」

「そう、ここからスマホでコテージ比羅夫に電話してきてくれて。避難小屋に『美桜ちゃんが立て籠った』って聞いて。だから急いで山を登って来たの」

「…………」

「ねえ、とりあえずドアを開けて。話をしましょう、美桜ちゃん」

美桜ちゃんからの返事はないが、私はドアに向かって訴え続けた。

「きっと、美桜ちゃんにも言いたいことあると思うけど。お父さんだって一生懸命にやっているんだと思うよ。今はうまくいかないこともあるけど！」

すると、ドアの向こうからバンとドアを叩くような音が返ってきた。

「……美桜ちゃん？」


「どうしてそうなの――っ!!　お父さん！」

それは美桜ちゃんの心からの叫びだった。

ドアの向こうからでも勢いを感じた私は、気圧されて黙ってしまう。

「どうして美月さんを呼ぶのよ⁉　どうして自分でやらないのっ⁉」

壁となったドアにぶつけるように、美桜ちゃんは大きな声で言った。

「そういうお父さんが大嫌いなのよっ！」

私は一気にヒートアップした美桜ちゃんを落ち着かせようとした。

「みっ、美桜ちゃん……。あっ、あのね——」

その言葉を遮ったのは、意外なことに増毛さんだった。

「なにを言っているんだっ、美桜！」

今まで聞いたこともない激しい言い方だった。

私に「すみません」と断ってから、ドアの前にグッと近寄る。

「お前のために美月さんは、わざわざ山を登ってきてくれたんだぞ」

「それはお父さんのせいでしょ！　私のせいじゃないわよっ」

正に売り言葉に買い言葉となって、二人は一歩も引くことなく叫び合う。

「あっ、あの……」

そう話し掛けた私の肩に、健太郎さんが手を置いて止める。

「……お二人に任せませんか？」

私にしか聞こえないような小さな声でささやく。

「でっ、でも……大丈夫ですか？」

私は二人の言い合いがエスカレートしそうで心配だった。

「たまにはこういう機会も必要なんですよ、きっと」

そういう健太郎さんの言葉を信じて、私は一歩後ろへ下がって増毛さんと美桜ちゃんのいるドアを見つめた。

「いつもいつもお前はそうだ！　私のやることに文句ばかりつけて！」

増毛さんがキレ気味で叫んだら、応えるようにバンと扉が開く。

「文句言われるようなことやるからでしょ！」

避難小屋の入り口に仁王立ちになった美桜ちゃんは、腕を組み少し高いところから見下ろすようににらんだ。

「大人にはなぁ！　いろいろとあるんだ」

「なによっ、その言い訳。恥ずかしくないのっ⁉」

「お前のために、私は一生懸命なだけだ！」

「なに勝手に背負い込んでんのよっ。いつまでも子ども扱いしないでよ！」

その美桜ちゃんの言葉には、増毛さんは少しうろたえる。

「こっ、子ども……じゃないか」

　グッと両手に力を入れた美桜ちゃんは、目をつむって言い放った。

「子どもだけど！　子ども扱いしないでって言ってんのっ！」

　それは重いパンチになって増毛さんの心に放たれて、増毛さんはガクリと後ろへ下がった。

「なっ……なに？」

　美桜ちゃんの大きな瞳からはボロボロと涙がこぼれ落ちる。

「私だってお母さんに好きな人が出来て、出て行ったことくらい分かっているわよ」

「みっ、美桜……おまえ……」

　突然見せつけられた娘の成長に、増毛さんはひどく動揺したようだった。

「だからって、嫌いにならないよっ。お父さんも！　お母さんも！」

　涙の溢れた目を美桜ちゃんは上着の袖でグッと拭いて続ける。

「嫌なのは……今までのことが全てダメになっちゃうこと！　お母さんが他の人を好きになったのはこの数か月のことでしょ？　だからって私が生まれてから……」

美桜ちゃんは、首を左右に振る。

「じゃなくてお父さんとお母さんが知り合ってから、十数年も楽しかったたくさんの思い出があるでしょ？　それまで全部ゴミ箱へ捨てないでよっ！　お父さん。家族に本当の理由を『隠す』っていうのは、そういうことだからねっ！」

そこで「ウァァ……」と泣き崩れてしまった美桜ちゃんは、避難小屋から飛び出して増毛さんの胸にぶつかるように飛び込んだ。

完全にノックアウトされて放心状態になっていた増毛さんが、なんとか父親の意識で踏みとどまって受け止め、両腕で抱きしめた。

増毛さんの目にも涙が溢れ、頬を伝って美桜ちゃんの髪に落ちる。

抱き合う二人からは、美桜ちゃんの泣く声だけがしばらく響いた。

なにを言えばいいのか分からなかった増毛さんが、ポツリとつぶやく。

「……ごめんな、美桜」

その瞬間、美桜ちゃんは背中に回していた両手でドンと叩く。

「なんでも謝るなっ！　お父さんだけが悪いんじゃないでしょ！」

胸元からあげた美桜ちゃんの顔は涙でぐちゃぐちゃだったけど、笑みがこぼれていた。

「分かったよ、美桜。これからはそうしてみるから」

「……本当に？」

ポケットから出したハンカチで、増毛さんは美桜ちゃんの涙を拭いてあげる。

再び穏やかなお父さんの顔に、増毛さんは戻っていた。

「本当だ。これからは美桜には、隠さないで本当のことを言うから」

「約束だからね」

真面目な顔の美桜ちゃんに、増毛さんは返す。

「いきなり変わるのは難しいかもしれないけど……な」

「その時は、またクーデター起こしてやる」

美桜ちゃんはニヒッといたずらっ子のような顔で笑った。

そんな二人を見ていた私は、少し離れたところでボロボロ泣いていた。

自分にもこうした経験が、母との間に少なからずあったからだ。

二人で意見がぶつかることもあったけど、言い合って、泣き合って、お互いに少し方針を変更して……小さな家の中で暮らしてきた。

そんな想いがフラッシュバックして、私は心をグッと摑まれたのだ。

横に立っていた健太郎さんが、ポンと私の肩に手を置く。

「さぁ、美月さん」

私は「そっ、そっか」と涙を拭く。

「あの……そろそろ下山しませんか？」

増毛さんがハッとした顔で振り返る。

「そっ、そうでした。帰りましょうか……家（ホーム）へ」

「そうですね……」

私と増毛さんが微笑み合った瞬間、健太郎さんが苦笑いしながら言う。

「いや〜そうじゃなくて。もう無理ですよ、下山なんて……」

増毛さんと美桜ちゃんは飛び離れ、私と一緒に声を揃えて驚く。

『ええ――――――!!』

健太郎さんは西の彼方（かなた）へ傾いていた太陽を指差す。

「もうすぐ夜になります。小さな美桜ちゃんや、登山初心者の美月さんと一緒に夜の羊蹄山を下るなんて絶対に無理です。きっと、誰かがケガをしてしまいます」

そこで初めて、美桜ちゃんはこんな場所でクーデターを起こしたことを後悔する。

「どっ、どうしよう〜」

目をキョロキョロさせながら、オレンジに輝きだした周囲の空を見回す。

健太郎さんはバックパックを下ろして、外のベンチに置く。

「ここに泊まるしかありませんね」

「ここに？」

聞き返す美桜ちゃんに、健太郎さんは避難小屋を指してみせる。

「幸い『避難』小屋の前ですからね。ここで一泊して明るくなってから下山しましょう」

私達を見上げた美桜ちゃんは、うつむき加減で謝る。

「ごめんなさい……」

「いいんだよ、美桜。あれは必要なことだったんだから……」

自分に言い聞かせるように言う増毛さんに私も続く。

「そうそう、これこそ『非日常体験』じゃない？　美桜ちゃん」

私が微笑むと、美桜ちゃんも少し笑った。

健太郎さんが、小屋を見ながら言う。

「ここは、インペリアルホテルとまでは言えませんが、暖房も使えますので凍える(こご)ことはありませんよ」

「それはいいと思いますけど……」

私は心配になってつぶやく。

「どうかしましたか？　美月さん」

「日帰りと思って食事の用意をなにもしてこなかったなぁ……って」

山小屋でお腹がすくのは、美桜ちゃんも寂しいだろうと思った。

それにさっき健太郎さんから聞いたこともあって、空腹で下山するのも不安だった。

ニコリと笑った健太郎さんは、私のバックパックをすっと指差す。

「たぶん、全員分の夕食と、明日の朝食を持ってきていますよ、美月さんが」

「どっ、どういうことですか⁉」

驚く私の前を通り抜け、テーブルの上にあったバックパックのカバーを開く。

右手を突っ込んだ健太郎さんは、中から次々に入っていた物を取り出し始めた。

「バーナーと飯ごうと……食材にシェラカップ、ウィスキー、カップ麺……。あっ、ちゃんと鍋まで入れてくれてありますね。これだけあればパーティが出来ますよ。さすが、亮」

そこで私は、バックパックの重かった理由が分かった。

「最初から泊まりになると、亮は分かっていて……」

「そうでしょうね。午後からの初心者登山ですから、避難小屋で泊まりになると考えて、全員分の夕食と朝食を詰めておいたみたいですね。これ重かったでしょう？」

健太郎さんはアハハと笑った。

今頃「ほら役に立ったろ」とキッチンでフッと笑っている亮の姿が目に浮かぶ。

いつも亮のすることは正しいのだが、私に詳しく説明しないことが多い。

亮の予測は見事に当たり、とてもありがたかったが、なんだか釈然としない。

「だからこんなに重かったのか……。りょ、亮めぇ〜」

口元に両手をつけた私は、比羅夫と思われる方角に向かって叫んだ。

「ちゃんと言っとけ――――!!」

遠くから「言っとけ〜」というこだまが返ってきて、他の三人は大笑いしていた。

しかし、こんな場所でちゃんとした食事が出来るのはありがたかった。

「完全に暗くならないうちに夕食にしましょうか」

さっそく健太郎さんが調理をしてくれる。

バーナーは健太郎さんも持っていたので、バーナーシートを広げた上に、二つのガスボンベそれぞれに分離式のバーナーを接続してテーブルの中央に設置する。

一つには飯ごうを載せて、そこにファスナー付きポリエチレンバッグに、水と一緒に一合ずつ小分けにして入れてくれていたお米を三合流し込み、水分量を調節する。

「標高が高い場所でご飯を炊くと芯が残ることもあるんですが、こうしてあらかじめ水に浸しておいてくれると、うまく炊けるんですよ」

こうした事態を想定した亮が、いたれり尽くせりの用意をしてくれていた。

飯ごうにフタをして、バーナーの火を中火にして炊き始める。

もう一つのバーナーには内側が焦げないように加工された深めのアルミ鍋を置く。

食材についても全て切ってポリエチレンバッグに入れてくれていたので、包丁はいらない。

バーナーに火をつけて温めた鍋に少し油を引き、そこに亮があらかじめタレに漬け込んでいた鶏肉を取り出して、表面にきれいな焼き色がつくまで焼く。

鶏肉は一旦、飯ごうの内ブタに逃がしておいて、鍋にすりおろしたニンニクと生姜を入れて弱火で炒め、薄切りのタマネギ、角切りにしたニンジンとジャガイモ、輪切りにしたトウキビとアスパラといった順で炒めていく。

それだけで口の中に唾が溜まって、思わず美桜ちゃんが口に出す。

「おいしそう〜」

その頃には飯ごうの隙間から水分が吹きこぼれてシューシュー言い出したので、フタの上に拳くらいの石をのせて火を強火にする。

野菜の入った鍋にカレー粉を入れて粉っぽくなくなるまで炒めてから、水とトマトジュースを入れる。それから鶏肉と、軽くボイルしてある毛ガニの足とほぐした身を「これでもか！」という勢いで叩き込み、溢れそうになっている鍋に無理矢理フタをして、焦げないようにしながら弱火で十五分ほど待つ。

もうこの時点で、おいしいものが出来上がるのが分かる。

その間に飯ごうの方は吹きこぼれが少なくなってくるので、火をだんだんと弱くしていく。ほんの少し焦げる匂いがしてきたら、健太郎さんが火をパッと止めた。

軍手をして熱くなった飯ごうをバーナーから下ろし、フタを押さえたままクルリとひっくり返して蒸らす。

日が西の山へ沈みかけて空がきれいな夕焼けに染まる頃、今日の夕食が完成する。

四人で覗き込んだ鍋のフタを健太郎さんがパッと開く。

「コテージ比羅夫特製、羊蹄山毛ガニカレースープです」

鍋の中には豪快に毛ガニが突っ込まれた、スープカレーが黄金色(こがねいろ)に輝いていた。

不思議なもので調理を見ていたら、すごくお腹が空いてきた。

「おいしそう〜〜〜」

美桜ちゃんは昨日の夕食よりもテンションが上がったようだ。

「さすが健太郎さん。食材と道具があっても、私だけだったら絶対に無理でした」

「私も亮が来るまでは、コテージ比羅夫でコックもしていましたからね」

健太郎さんは照れながら笑った。

「じゃあ、暗くならないうちに食べましょうか」

アルミカップに取っ手のついたシェラカップを二個ずつ持ち、一つにはスープカレー、もう一つには炊き立ての湯気が上がる白いご飯をよそう。

私達は両手を合わせて『いただきま〜す』と心から言った。

私はスプーンでご飯をすくって、スープカレーに浸してから口へ運ぶ。

その瞬間、毛ガニの出汁の絡んだ濃厚なカレーが口いっぱいに広がった。

「おいしい〜」

レポーターじゃないんだから、おいしいものを食べた時に人はそうとしか言えない。

それは増毛さんも美桜ちゃんも同じだった。

「こんな景色のいいレストランで、おいしいスープカレーを食べられるなんて最高〜」

頬を膨らませながら、美桜ちゃんは今までで最高の笑顔で言った。

「なにからなにまでありがとうございます。なんとお礼を言えばいいのか……」

恐縮する増毛さんに、私は健太郎さんと顔を見合わせてから言う。

「これは単なるコテージのサービスですから！」

「すごいですね。コテージ比羅夫のサービスは」

私は笑顔で美桜ちゃんを見る。

「おいしいスープカレーを羊蹄山の上で食べられたのは、美桜ちゃんのおかげですから」

エヘヘと笑った美桜ちゃんは、スプーンを立てて胸を張る。

「じゃあ、またクーデター起こすわ」

少し困った顔をした増毛さんは、頭をかきながらつぶやく。

「たまに……にしてくれないか？　美桜」

「しょうがないなぁ～」

完全にお父さんを尻に敷いている美桜ちゃんがおかしくて、私と健太郎さんは笑った。

見上げた紺とオレンジがグラデーションを描いた空には、少しずつ星が出始めていた。

第五章　ヒマワリの花言葉

その日、コテージ比羅夫は大忙しだった。

「美月、缶ビール冷やしたか？」

キッチンからの声に、私はリビングから大声で答える。

「冷蔵庫いっぱいに詰めておいた――!!

「そんなもので足りるか！ ワイドストッカーに氷水を張って缶ビール浸けとけ！」

「はい！　まごころ込めて――!!」

こういう時に、この返事は気合が入っていい。

昨日宿泊していたお客さんを送り出してから、私達はパーティの準備に追われていた。

今日のパーティは哲也さんと加奈さんの「婚約披露パーティ」だ。

哲也さんは大病院令嬢との縁談をきっぱりと断って、加奈さんと結婚したいと両親に伝えたそうだ。加奈さんにプロポーズした日、哲也さんは両親にその話をするつもりだったので、急いで帰ったのだ。

そうしたら、社長であるお父さんに「そんな人がいるのなら、なぜ早く言わなかったんだ。そうなら、すぐに私達にも会わせてくれ。お前の選んだ人なら、きっといいお嬢さんなんだろう。それから、ちゃんと婚約発表して皆さんにも祝ってもらいなさい」と言われて、この婚約披露パーティをやることになったのだ。

コテージ比羅夫のメニューに、そんなものは存在しない。

「函館の人も札幌の人も集まれるし、思い出の比羅夫でどうしてもやりたいんです」

そう加奈さんにお願いされてしまった私は心を打たれ、「分かりました」と言ったのだ。

もちろん、「うちはノーと言わない超一流ホテルじゃねぇ」と亮には叱られた。

幸いパーティの希望日はお盆前で、少しだけお客さんが減る時期だった。

そこで「昼間の時間だったら」ということで、貸し切りパーティをすることにした。

実際に打ち合わせをしていくと、招待客は二人合わせて五十人くらいいるらしい。

「俺一人で作れるわけねぇだろ」

と亮が言ったので、ジビエ料理の時にお世話になった林原晃さんを前日から呼んで、パーティ料理を作るのを手伝ってもらうことにした。

「ジビエ料理も出していいならな」

というのが晃さんの条件だったので、私は「是非」と返事をした。

料理の方は二人に任せておけばいいけど、問題は会場の準備。

五十人となったら、リビングだけじゃなくてバーベキューテラスを含めた駅全体を使えるようにしないと、とてもじゃないけど入り切らない。

健太郎さんや晃さんにも協力してもらって、いろいろなところからガーデンテーブルやら椅子やらをかき集めて、待合室やホームなどに並べられるだけ並べた。

その有様は比羅夫駅で、ミニロックフェスでも行われるかのよう。

皆さん「駅で行われるパーティならば」と、車は使わずに列車で来てくれた。

函館からのお客さんは加奈さんと一緒に11時31分に、札幌からのお客さんは哲也さんと共に12時43分にやってきた。

全体的には哲也さんと加奈さんと同世代で、男女比率は半々って感じ。

たまに上司なのか、お世話になった方なのか、ご年配の方もおられた。

五十人相手に私と健太郎さんの二人ではフロア担当者の人数不足なので「缶ビール、チューハイ、ソフトドリンクは飲み放題です！」とセルフサービスにした。

ブラック居酒屋チェーンでの学生の飲み会なら大変だが、やはり社会人の飲み会で参加者も少し出会いを期待している婚約発表パーティだから、もの凄い勢いで食べたり、元をとる勢いで飲みまくる人もいないので、なんとか回すことが出来た。

驚いたのは、亮が超一流ホテル並みのオードブルを次から次に出してきたことだった。

亮が「料理が上手」ということは知っていたけど、こういう高級レストランでも通用するような腕前だとは知らなかった。

「すごい……亮。これを一人で作ったの？」

運ぶ前に見たオードブルプレートに驚いていると、フッと現れた健太郎さんが横から秘密を教えてくれる。

「亮は元々札幌の五つ星ホテルで働いていましたからね」

「そうなんですか？」

一年一緒にいたが、私はそんな亮の過去も知らなかった。

「ええ、元々は一流ホテルのメインダイニングのシェフになるのが夢でしたから……」

「そうだったんだ……」

背中を二人で見つめると、振り向くこともなく亮は大きな声をあげる。

「くだらないことを話してないで、早く持っていけ！」

私と健太郎さんは『はい！』と返事をして、急いでプレートを運んで行った。

コテージ比羅夫で行われた婚約パーティは、ユルユルとしたものだった。

なにか出し物があるわけでもなく、料理を型通りに出すわけでもなかった。

雰囲気を見ながら料理を出して、頼まれたら飲み物をお持ちするような感じだった。

結婚式の披露宴や二次会みたいな場ならゆっくり話も出来ないけど、ここでは時間がゆったりと流れているから、哲也さんの友達を加奈さんに、加奈さんの友達を哲也さんに、一人一人紹介しながらゆっくりと話すことが出来ていた。

一階のリビングはもとより、ホームを越えてバーベキューテラスまで会場として使っているから、まるで駅全体がパーティ会場のようだった。

二人が誰かに挨拶するたびに「おめでとう！」と祝福する温かい声が響き、そんな声が駅のあちこちから聞こえてくるのがオーナーとして幸せだった。

五十人もの人が集まるなんてことのない駅舎が、その賑わいに驚いているように思った。

やがて、長万部発の倶知安行下り列車がやってくる14時50分近くになる。

私はリビングにいた哲也さんに近づいて「そろそろですよ」と声をかける。

実はたった一つだけ、哲也さんがサプライズイベントを仕掛けていた。

「分かった」

哲也さんは加奈さんの手を取って続ける。

「加奈、ちょっと来てくれるかな」

「いいですけど……」

なにも知らない加奈さんが哲也さんに手をひかれて招待客の間を歩くと、女の人達から「うわぁ」とうらやむ声が上がり、男の人達から指笛が響いた。

玄関で靴を履いた二人が、みんなの注目を浴びながらホームへ出る。

その時、比羅夫駅構内に入ってきた列車の乗客は、全員が笑顔でホームを注目していた。

キィインとブレーキ音を上げて列車が停まると、珍しく前後の扉が開いた。

後ろの扉からは、私の親友である新幹線アテンダントの木古内七海が笑顔で降りてくる。

「**お届け物に参りました――!!**」

ピンクのワンピースを着た七海は、両手で大きな籐のカゴを胸元に抱えている。

そのカゴの中には大量のヒマワリが入っていた。

「哲也さん！」

既に涙ぐんでいる加奈さんに向かって、哲也さんは優しく微笑む。

「僕からの婚約プレゼント」

七海は「おめでとうございます」と言いながら加奈さんの足元に大きなカゴを置く。

だが、驚くのはまだ早い。

車内からはもう一つ籐のカゴが出てくるので、七海はそれを受け取り横に置く。

「もしかして……九十九本のヒマワリ!?」

そう驚く加奈さんの横に、七海は再び籐のカゴを置く。

「そうじゃ〜ないんですよ〜」

七海は加奈さんの驚く顔が楽しくなってきたらしくクスクスと笑いながら、次々に車内から送られてくるヒマワリの花束入りカゴをホームに並べていく。

車内では運転士の吉田さんを中心に、お客さんも協力してくれてヒマワリのカゴをバケツリレーの要領で送ってくれていた。

「ありがとうございます」

私も受け取りに協力して、車両からヒマワリのカゴをどんどん運び出す。

突然起こったホームでの出来事に、招待客の皆さんが全員周囲に集まってきた。

三十秒くらいで加奈さんは十個のカゴに取り囲まれ、後部ドアまでやってきた吉田運転士が微笑む。

「十個口の手荷物、ちゃんと届けたからな」

『吉田さん、皆さん、ご協力ありがとうございました〜!!』

頭を下げた私と七海は、車内へ向かって大きな声で言った。

それに応えるように『お幸せに〜!!』という温かい言葉が返ってくる。

手を繋いだ哲也さんと加奈さんは、一緒にゆっくりと頭を下げる。

『ありがとうございます。頑張って幸せになります！』

加奈さんは突然のことに驚き、嬉しさで涙ぐんで声を失っていた。

そんな加奈さんに哲也さんは、真っ直ぐに向き合って立つ。

「これは、もしかして……九百九十九本のヒマワリ？」

加奈さんが泣きながら、嬉しそうに微笑む。

哲也さんは笑顔でコクリと頷く。

「そうだよ」

「その花言葉を一緒に言ってもいいですか？」

「もちろん」

お互いの両手を取り合い、そこには二人しかいないように見つめ合って、一緒に言った。

『何度生まれ変わってもあなたを愛します……』

それはまるで結婚式のようで、比羅夫の駅舎がチャペルのようだった。

その瞬間、比羅夫駅は悲鳴のような歓声に包まれる。

「おめでとう！」「お幸せに！」という言葉が入り交じって飛び交い、たくさんの拍手で二人を心から祝福した。

比羅夫駅がヒマワリ色に染まる中、加奈さんが笑顔でつぶやく。

「今日からは一緒に比羅夫から帰れますね」

「今度は一緒に、比羅夫へ来よう」

加奈さんは「はい」と透き通るような声で応えた。

満足そうな顔で運転台に戻っていた吉田さんが、ドアをゆっくりと閉める。

フワァァァァァァァァァァァアン。

二人を祝福するように、吉田さんはいつもより長く警笛を鳴らしながら去って行った。

九百九十九本のヒマワリは、哲也さんに「手に入りませんか？」と依頼された。
しかし、そろそろヒマワリの花が少なくなってくる季節だった。
そこで、七海に相談してみたら「こっちで探してあげる」と言ってくれて、長万部近くで見つけてくれたのだ。準備が忙しくて「当日に取りにいっていられない」と言ったら、七海が「じゃあ、届けてあげる。コテージ比羅夫一泊無料で」というので頼んだのだ。

まさか鉄道の手荷物で持ってくるとは思わなかったけど……。

函館の人は17時3分の長万部行、札幌の人は18時5分の小樽行普通列車に乗って比羅夫から帰っていった。

お盆前は登山客が少し減るので、宿泊客は今日は三組だけだった。

夕食も終えてお客さんが全員お風呂に入りお部屋へ戻っていったので、私と亮はキッチンで乾杯して小さな「お疲れ様会」を始める。

いつものようにキッチンの中央の作業用テーブルの上にテーブルクロスを掛け、亮が婚約パーティの残り物をサッと再加工して新たなおつまみとして皿に盛ってくれる。

リビングにもキッチンにも、幸せのお裾分けのヒマワリがたくさん飾られていた。

「ここで婚約パーティをやるなんて、開業以来、初めてのことだったな」

さすがに亮も少し疲れていて、フッとため息をついた。

「でも、あんなに喜んでくれるなら、またやってもいいなぁ～」

これだけ働いた後だから、ビールが体中に染み渡る。

私は「くぅぅう」とうなりながら体をジタバタさせた。

「そう言えば、羊蹄山の夜は冬みたいに寒かったよ。星はキレイだったけど」

「確か最低気温は七度とか八度くらいだろ？」

亮はダルそうに右の肘をテーブルにつけて、缶ビールをクイッと飲む。

「そうそう、ストーブがあったから助かったけど」

廊下の方にある小さな窓を亮は見つめる。

「そろそろ、比羅夫も寒くなって来る」

「まだ八月なのに……」

「ってことは、そろそろ一年じゃないか？　美月」

「一年？」

ボンヤリと聞き返す。

「コテージ比羅夫に来てさ、美月が」

見つめられた私は、反射的に目を逸らしてグビッとビールを飲む。

「そっ、そうね……」

二人だけの心地いい時間が流れる。

なにも語らなくても、一年の出来事を思い返せるような感じがした。

「美月……」

「なに？」

テーブルの上に上半身を伸ばし、亮は前のめりに私を見つめる。

「そういえば増毛さんにも聞かれたんだけどさ。『二人はどういう関係なんですか？』って」

どうして、親子で同じようなことを両方に聞いてんのよ⁉

「それ、私は美桜ちゃんに聞かれたわよ」

その言葉は止めておけばよかった。

「なんて答えたんだ？」

缶ビールを両手で持った亮が、目線を私にロックオンして離さない。

「いや～その～なんて答えたかなぁ～」

ハッキリと言わなかったのは、きっと従業員とオーナーの関係と自分は思いたくなかったからだろう。

私は言い返すように聞く。

「じゃあ、亮はどう答えたのよっ」

言えるものなら言ってみなさいよという挑戦的な思いと、ここで「ただの従業員だろう」と言われてしまいショックを受けるんじゃないかという嫌な思いが交錯した。

「美月、俺はな――」

亮が静かに言葉を紡ぎだした瞬間、二人の酔っ払いがキッチンに突っ込んできた。

『おぉおぉおぉおぉ!!　こんなところに隠れて——!!』

今日初めて会ったのに、七海と晃さんはピタリと肩を組んで完全に出来上がっていた。

二人はおのおので一本ずつワインの瓶を持って、フラフラしながら支え合っている。

「いいなぁ～美月。こんなイケメンコックさんと二人だけのコテージのオーナーだなんて～」

そう思ったことを言葉に出来る七海を正直うらやましく思った。

「何言ってんのよ⁉」

「そうだ！　そうだ！　美月だけがズルいぞ——!!」

晃さんに至っては話が見えておらず、適当に言っているだけだった。

「もう、どれだけ飲んだんですか～？」

呆れている私に向かって二人は、親指と人差し指で見えないくらいの隙間を作って見せる。

『ちょっとだけ』

ウソつけ！　婚約パーティが終わってから、すごいハイペースで飲んでいただろ。

作業テーブルの残っている二辺に、亮が二つの折り畳みのハイチェアを広げて置く。

「一緒に飲み直すか？」

「いいねぇ～。飲もうぜ」

晃さんが男らしくドカッと座る横で、七海は突然大人しくなって静かに座る。

「じゃあ、もう少しだけ……飲もうかなぁ～」

いや、もう既にバレバレだから、七海。

「しょうがない。ここはコテージ比羅夫のオーナーとして、いたわって差し上げるとするか」

立ち上がってワインセラーに歩いた私は、一本の年代物の赤ワインを引き抜く。

「ヴィンテージ物だぞ～」

それを見た七海と晃さんは『おぉぉぉ』と盛り上がり、亮は「おいおい」と頭を抱える。

相変わらずコテージ比羅夫には笑い声が響く。

いろんな想いが駆け抜けた比羅夫の夏は、そろそろ終わろうとしていた。

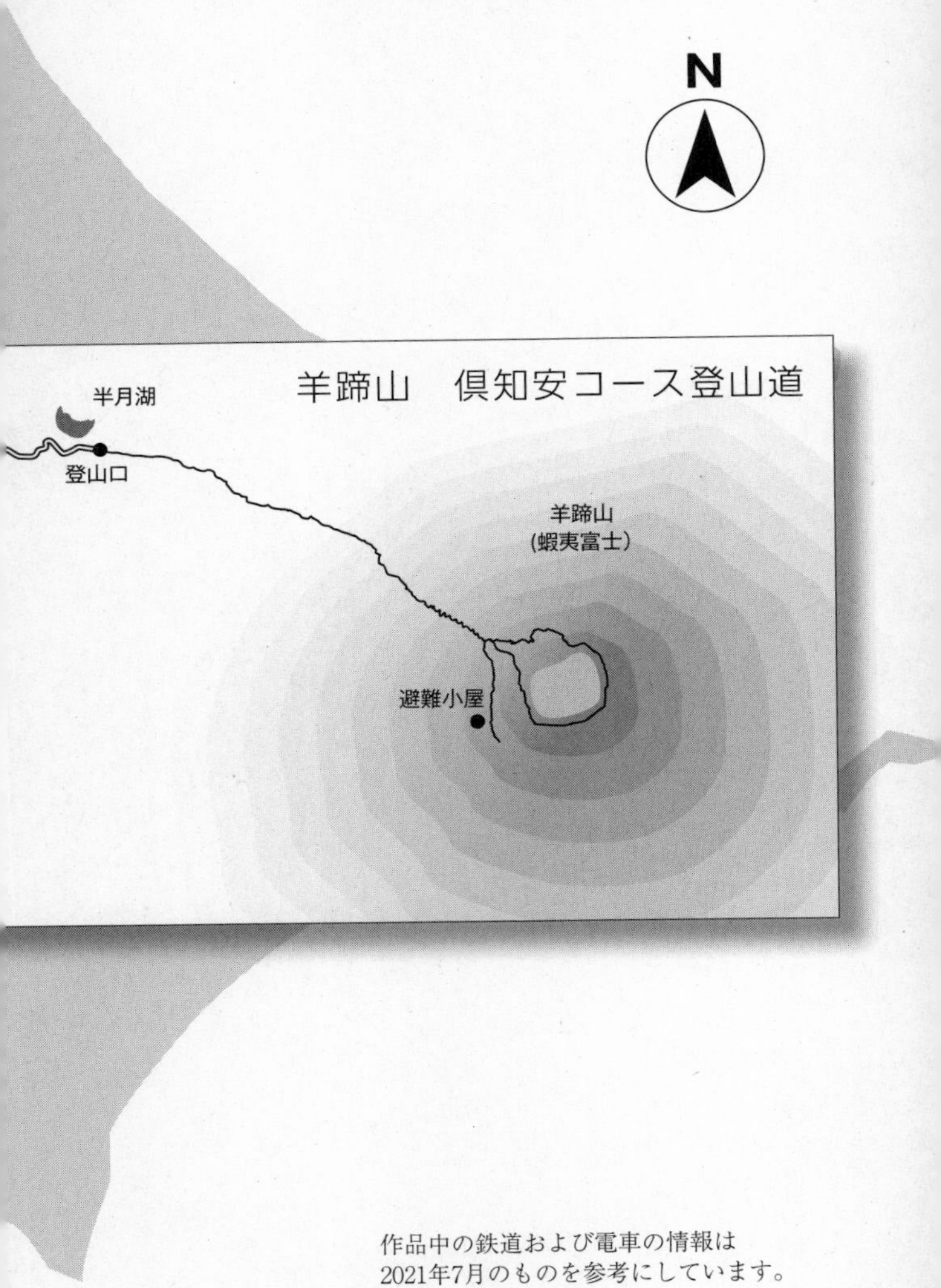

羊蹄山　倶知安コース登山道

半月湖
登山口
羊蹄山
(蝦夷富士)
避難小屋

作品中の鉄道および電車の情報は
2021年7月のものを参考にしています。

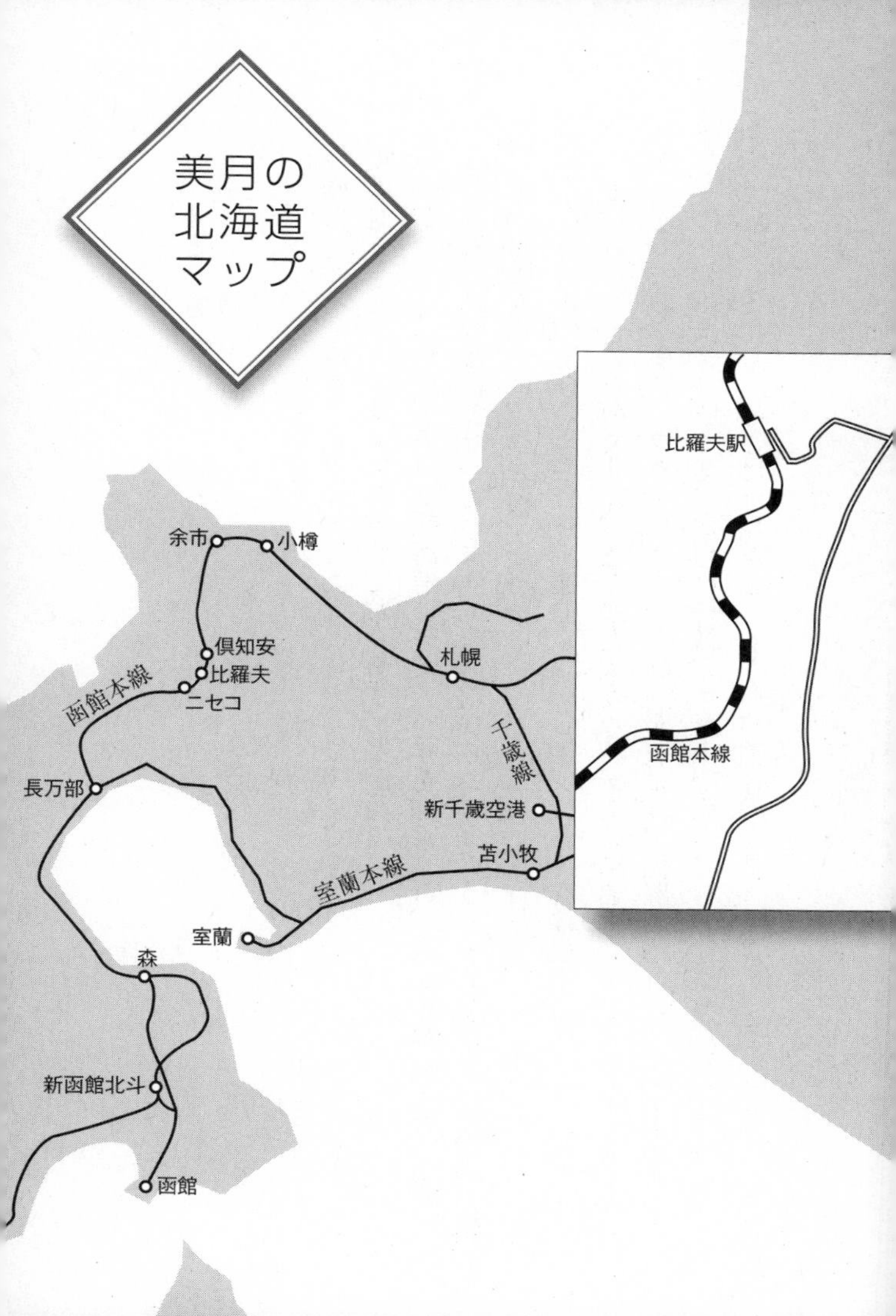

美月の
北海道
マップ
余市
小樽
倶知安
比羅夫
ニセコ
函館本線
札幌
千歳線
長万部
新千歳空港
苫小牧
室蘭本線
室蘭
森
新函館北斗
函館
比羅夫駅
函館本線

あとがき

今回もこちらの本を手にとってくださりありがとうございました。

「駅に泊まろう！」シリーズを書いております、豊田巧です。

いや〜ついに三巻目、美月が北海道に来て約一年を迎えられ、心から喜んでおります。

ひとえにお話の舞台となっています「駅の宿ひらふ」という魅力的な宿を、北海道の函館本線「比羅夫駅」に、南谷様が続けてくださっているおかげです。

本来なら「駅の宿ひらふ」に三十連泊くらいして、この三巻は執筆すべきところだということは分かっていたのですが、まだまだ大変な状況なのでお伺いできないことを心から残念に思っております。ワクチンによって騒動が収まり、比羅夫へ行けますことを心から楽しみにしています。そして、本当に皆様、羊蹄山登山がてらお泊まりに行ってみてください。夏でも冬でも、そこには見たこともない宿泊体験が待っていると思います。

「駅の宿ひらふ」http://hirafu-station.com/

※小説はあくまでもフィクションで、実際の宿とはいろいろと違う箇所がありますことをご了承ください。今回も宿のご主人であります南谷様に深く感謝させて頂きます。

さて、二巻の感想をチラリと読んでいましたら「美月が旅行に出たら、他のシリーズと変わらねぇだろう」とのご意見があり「まぁ、確かにそうだ」と初心に帰り？　今回は宿からあまり離れないお話となりました。また、シリーズ内でさんざん書いておきながら一度もやったことのない「羊蹄山登山」に美月を挑戦させてみました。

ちなみに避難小屋は、あくまでも「避難」なので宿泊を目的とせず、羊蹄山は「日帰り」での登山をススメていますので、朝早くからの登山をよろしくお願いいたします。

美月の「コテージ比羅夫」は夏の間は外へ出ることもなく忙しいですが、秋から冬に向かってお客様も減ってきますので、そうしたら、また北海道の各地へ出かけさせたいと思います。

この本を書き終えたら北海道に取材へ行きたいと思っていますので、そこで体験したことをエピソードにして、「四巻に書ければいいなぁ」と思っております。

私は出来るだけ北海道を訪れるようにしています。春夏秋冬それぞれに魅力的な景色と美味しい物があるのですから、なんど行っても飽きない素晴らしい大地だと思います。

そして、北海道はあまりにも広すぎて、数巻程度ではまったく紹介しきれません。

ちなみに、私は十年前くらいまでは、毎年「さっぽろ雪まつり」に参加しておりまして、市民雪像と呼ばれるクラスの雪像を、数年間連続で作り続けていました。

市民雪像とは言っても……一辺が二メートル四方ある雪の塊を削っていく難作業で、最初の頃は仕上げまで含めると、一週間近くみっちりかかっていました。

しかし、美月にしても私にしても、長く続けていれば慣れてきます。

自衛隊合羽に身を包み、頭には林業作業用のヘルメットを被り、防水のコンバットブーツを履いて、スノーソードと呼ばれるノコギリ（東京では登山ショップでしか売っていない）と、尖ったスコップを振り回し、三日ほどでキレイに仕上げられるところまで上達しました。毎日、朝から夕方まで札幌大通公園で思いきり力作業をして、終わったら深夜まで「ススキノ」でお疲れ様会をして、雪像が出来たらお祭りの本番は見ることなく（町が混み、ホテル代も高額になるから）、真っ白な道東、道北の旅へと向かって旅立っていたことが、きっと「駅に泊まろう！」を書くキッカケになったのだと思います。

また、そんな話もチャンスがあれば、是非、描いてみたいと思います。

さて、ついに三巻が出せました。

私のシリーズは「一巻で終わりか？　永遠か？」と言われているのですが（笑）、このまま美月や亮、健太郎、晃らが読者の皆さんに受け入れられて、新たな北海道ストーリーを描き続けることが出来れば、私の小説家人生の後半はとても幸せなことだと思っています。

幸いにもこのシリーズでは時間が進むようなので、年を追うごとに一巻、二巻で登場したキャラクター達が成長していく姿を描いてみたいものです。

これからも皆様の応援、引き続きよろしくお願いいたします。

では、次の列車で、お会い出来ますことを……。

二〇二一年七月　もう少しだけガマンでしょうか……

この作品はフィクションであり、実在の個人・団体・
事件などとは、いっさい関係がありません（編集部）

光文社文庫

文庫書下ろし
駅に泊まろう！　コテージひらふの短い夏
著者　豊田　巧

2021年8月20日　初版1刷発行

発行者　鈴木広和
印刷　堀内印刷
製本　ナショナル製本

発行所　株式会社　光文社
〒112-8011　東京都文京区音羽1-16-6
電話（03）5395-8149　編集部
8116　書籍販売部
8125　業務部

ISBN978-4-334-79228-2　Printed in Japan

組版　萩原印刷

光文社文庫最新刊

ロンリネス	桐野夏生
この世界で君に逢いたい	藤岡陽子
洗濯屋三十次郎（クリーニングやみそじろう）	野中ともそ
殺人カルテ　臨床心理士・月島繭子	大石　圭
駅に泊まろう！　コテージひらふの短い夏	豊田　巧
天国と地獄　悪漢記者	安達　瑶

光文社文庫最新刊

黒い蹉跌（さてつ） 鮎川哲也のチェックメイト　鮎川哲也

こおろぎ橋 決定版 研ぎ師人情始末（十二）　稲葉 稔

あしたの星 日本橋牡丹堂 菓子ばなし（八）　中島久枝

番士 鬼役伝　坂岡 真

男たちの船出 千石船佐渡海峡突破　伊東 潤